ハウ

斉藤ひろし

朝日文庫

本書は書き下ろしです。

ハウ●目次

ハウ

もし迷惑でなければ、
本書を人類の最良の友であるきみに捧げたい。
もっとも、きみは文字を読まないかもしれないが。
それにしても、
きみは、いったい、どこから来たんだい？

第一章　ハウ

1

春。

横浜市港北《こうほく》ニュータウン。

極端な金持ちも貧乏人もいないこの街の土曜午後三時のファミリーレストランは、そこそこ幸せな家族連れとカップルの客たちで満席だった。

その窓際のテーブルで、結婚を間近に控えた赤西民夫《あかにしたみお》・三十二歳は、不意打ちの悲劇に見舞われていた。

「ごめん、今、なんて言ったの？」

「何度も言わせないで。あたし、あなたと別れたいの」

事態がなかなか呑《の》み込めない民夫は、十秒ほどの沈黙ののち、恐る恐る言った。

「よく分からないんだけど、僕に悪いところがあれば、直すよ」

これが三十を過ぎた男のセリフだった。そのことだけをもってしても、赤西民夫が七歳年下の女に舐《な》められ、捨てられるに値する情けない人間であることは明白だった。

別れ話には不似合いな赤い花柄のワンピースを着た真里菜《まりな》は、民夫のすがるような視線を鬱陶《うっとう》しげにやりすごし、グラスの中のオレンジジュースをストローでかき回し始めた。

「実はあたし、最初からあなたのこと好きってわけじゃなかったのね」

「えっ」

最初から好きじゃなかった……それは「最初は好きだったが今は好きじゃない」よりもはるかに残酷な告白だった。

真里菜はさらに衝撃的な事実を、冗談のように軽い調子で民夫に打ち明けた。

「もともとあたし、吉住《よしずみ》クンのことが好きだったの」

吉住というのは、半年前、民夫に真里菜を紹介してくれた高校時代の後輩である。

真里菜は悪びれた様子もなく、あっけらかんとしている。

民夫は言葉が見つからず、バッタを喉《のど》に詰まらせたカメレオンのように激しく視線を泳がせていた。

いつまでも黙っている民夫に、真里菜は責めるような口調で言った。

「怒ったの？」

「怒るとかじゃなくて。吉住はキミのこと『ただの友達だ』って言ってたけど」

「だってあの頃は吉住クン、まだ奥さんと離婚してなかったじゃん」

「ああ、うん……まあ、そうだね」

吉住が離婚する以前、彼と真里菜が男女の仲にあったかどうかは確かめようもなかった。仮に吉住が離婚以前からずっと真里菜との関係を続けながら彼女を民夫にあてがったとすると、これは冗談にもならないくらい恐ろしい事態だが、その可能性について吉住や真里菜に問い質《ただ》す勇気は、民夫には無かった。

真里菜はスマホに次々と入るラインをチェックしている。

「あたし、もう行かなきゃ」

「待って。あのさ、どうしても僕じゃだめ？」

「お互い前だけを見て生きて行きましょ。じゃあね」

真里菜は、その日初めての笑顔を見せ、軽快な足取りでファミレスを出て行った。勘《かん》定《じょう》も払わずに。

茫然《ぼうぜん》と真里菜を見送る民夫のテーブルに、二人前のホットケーキが運ばれて来た。

ホットケーキは真里菜の好物で、二人でファミレスに入る時は必ず注文していた。

「ホットケーキでいいかな？」「うん、蜂蜜たっぷりかけて食べたい」——つい十分前に真里菜と交わした会話が民夫の混乱した脳内でリフレインする。

民夫は目の前の現実を受け入れられないまま、二皿のホットケーキたちに蜂蜜をかけた。

こうして赤西民夫は、三十二年間の人生で初めて付き合った女、しかも婚約までした女に逃げられたのである。真里菜と住む為《ため》の一戸建てをこの港北ニュータウンに四十年ローンで購入し、つい一週間前、一足先に自分だけ引っ越しを完了したばかりだった。

二人前のホットケーキを律儀《りちぎ》に食べ終えてから小一時間ほど、民夫は通りの向かいにある巨大な学習塾の看板をボーッと眺めていたが、目前の歩道で散歩中のラッセル・テリアが人目もはばからず脱糞《だっぷん》し始めたのをきっかけに我に返り、「やるべきことをさっさと済まそう」と、すばやく席を立った。

クーポン券を使ってレジで支払いを済ますと、民夫はその足でホームセンターに向かった。目当てのものはすぐに見つかった。店の品揃《しなぞろ》えは申し分なく、手頃なロープが何種類もあった。

太さ一センチメートル。材質はポリエチレンでなく、何となく綿製のものを選んだ。

一人で住むには広すぎる二階建て4LDKの新居に帰宅した民夫は、さっそく、買ってきたロープで首をくくろうと思ったが、残念なことに今時のツーバイフォー住宅にはロープを縛《しば》りつけるところがない。トイレのドアノブに引っかけるという手もあるかなと思ったが、床に腰を下ろした体勢で首が締まってゆく苦しさに耐えられるだろうか？自分には無理そうだ。さてどうしたものかと思案しているとスマホにメッセージが入った。万が一の何かを期待して画面をタップしたが、それは携帯会社からの料金通知だった。

民夫はなんとなく、死ぬのをやめた。

ロープはキッチンのゴミ箱に捨てた。だが、その三秒後には、首をくくる以外の何かに使うこともあるかもしれない、と捨てたロープをゴミ箱から拾い、階段下の物置に仕舞った。

真里菜に未練はあるが、恨《うら》むまい。なんといっても彼女は自分と付き合ってくれた初めての女性だ。感謝の気持ちこそあれ恨みや憎しみの念は湧いてこない。真里菜と吉住の未来に幸《さち》あれ！　そう、これでよかったのだ。俺は決して心の狭い人間じゃない。そう思うことで民夫は自分の情けなさを曖昧《あいまい》に誤魔化《ごまか》した。

結婚式場に「破談になったので」というひとことをわざわざ付け加えてキャンセルの電話を入れると、式場側はこういった事態には慣れっこな様子で、

「キャンセルは問題ございませんが、まだ一か月ございますし、今しばらく状況を見てはいかがでしょうか」

と言ってきた。仮に縒《よ》りが戻った場合のことを考えてあと数日様子を見たらどうか、というわけだ。

式場の社員の罪作りなセリフが一瞬民夫の心に希望の光を灯《とも》しかけたが、結局「多分、それはないです」と伝えて手続きをとった。ばか高いキャンセル料がかかるので、真里

菜にも一部負担してもらえないかとも考えたが、彼女に電話やラインをして既にブロックされていたらと思うと怖くて連絡できなかった。

民夫は式や披露宴に出席してくれるはずだった数少ない知人や親戚たちに電話で報告を入れた。

「ダメになりました。申し訳ありません」「えっ」そしてちょっと間があり「謝るようなことじゃないよ。まあ、人生いろいろあるから」——大体そんな感じの会話を各人と交わしたが、なかなかの生き地獄だった。

新妻が一足遅れて引っ越してくるものと思っていた近所の人たちは、民夫が一人で住むということを知って最初戸惑ったが、「一緒になる予定の人が海外に転勤が決まったので、しばらくは僕一人で住みます」という民夫の言葉を聞いて、皆一様に安堵《あんど》の表情を見せた。3LDKのマンションを買う独り者はいても良いが、4LDKの戸建てを買う独身男は何らかの問題を抱えた人物である、というのが世間一般の見方である。

こうして、真里菜の趣味で外壁をオレンジにペイントした一軒家で、民夫の虚《むな》しい新生活が始まった。

もとから民夫は孤独な人間だった。両親は民夫が大学を卒業するころに相次いで病気で亡くなり、兄弟もおらず、親戚との付き合いも薄い。唯一友達と言えるのが、高校の将棋愛好会の後輩・吉住だった。そう、真里菜を民夫に紹介し、結局はその真里菜を民夫から奪っていった吉住正一郎《しょういちろう》である。

吉住との付き合い方も今後微妙になってくるだろう、と思いながらも、民夫は吉住を恨む気持ちはなかった。真里菜が自分から離れて行ったのは、こちらにも何か自分では気づかない落ち度があったのかもしれない、いや多分自分の魅力のなさが一番の原因なのだろう。民夫はそう思った。

民夫は一言、吉住に「気にするな」とラインしたが、既読スルーされた。まあいい、吉住は吉住で今頃、先輩から女を奪ったという罪の意識にさいなまれていることだろう、と負け惜しみ半分で後輩を思いやった。

民夫は以前と変わらぬ様子で区役所の住民課で働き続け、土曜は将棋クラブに出かけ、日曜は一日自宅でミステリー小説を読むか、すでに三十回は見返している『刑事コロンボ』のファーストシリーズを観《み》て過ごした。

真里菜という婚約者と、吉住という唯一の友を同時に失ったことを除けば、民夫の日常生活は以前と何も変わることはなかった。ただ、引っ越してきた4ＬＤＫ一戸建ては、一人で住むにはあまりに広すぎたが。

2

民夫の上司である鍋島《なべしま》課長は、穏やかでもの分かりのいい中年紳士然とした雰囲気をまといながら、その実、大人としての会話が成立しにくい男だった。鍋島は、面倒なことがらを性急に片付けてしまいたがるあまり、往々にして相手に対し妙に先走ったイレギュラーなリアクションを返してくるのである。

真里菜に振られた週明けの昼休み、区役所の屋上で民夫は鍋島に事の次第を報告したのだが、鍋島がまず示した反応は、「ははは！」という空虚な明るい笑いだった。

普通、こういったシチュエーションにおける上司の部下に対する模範的な反応としては、まず「えっ」と軽い驚きがあって、次に気まずい無言の時間が流れ、「まあくわしい事情は分からないが大変だったたな」の相手を気遣うひと言ふた言があり、「まだ若いんだから」と励ましの言葉があって、「俺だってこう見えて昔はいろいろあったんだぞ」といった軽口を挟み、そして最後に「そのうちまたいいことあるから」の笑い、であるはずだ。だが鍋島はそれらの手順をすべてすっ飛ばしていきなり明るい笑いを持ってきてしまったのである。

「まあ、いろいろあるよな、人生。課の連中には俺の方からそれとなく言っとくからさ。

それとなく、な」

鍋島は一気にそう言って、この件を終わらせてしまった。

幸いなことに、この鍋島のデリカシーのなさが民夫にとっては救いになった。気まずい時間が予想外に短縮されたからである。

民夫は思った。尊敬はできないが、こんな上司で本当に良かった、と。

その日の終業時刻間際、民夫がトイレで席を外すと、鍋島は声をひそめるわけでもなく課の者たちにおざなりなアナウンスをおこなった。

「あのさ、赤西君の結婚ダメになったから。『おめでとう』とか言っちゃわないようにね」

課の面々は一様に面白半分な驚きの表情を一瞬見せ、そして互いに視線を交わし合った。あの地味で面白みのない男が結婚すると聞いた時は、「ほぉ」と意外に感じたが、妻となる女性がどんな人なのか、早い話が美人か不細工かフツーなのか、式に出るという鍋島が撮って来るであろう写メを見るのをそれなりに楽しみに思っていた者も多かったのだ。いったいどういった経緯でダメになったのか、誰もが多少の詮索《せんさく》をしたそうな顔つきだったが、その中で唯《ただ》ひとり、短めの髪をハイトーン&グリーンに染めた入職二年目の足立桃子《あだちももこ》だけは全くの無反応で、デスクが同僚たちから死角になっているのを良いことにスマホで美容サイトを見ていた。トイレから戻って来た民夫はパソコンに向かって淡々と仕事をしていたが、その時、二十代前半のカップルが窓口に来た。

「あのぉ、婚姻届、出したいんですけど」

工務店のネーム入りジャケットを着た若い男は、コンビニのレジで煙草《タバコ》を注文するかのような素っ気ない口調で言ったが、それはあくまで照れ隠しであり、彼の日焼けした手は、吊《つ》り目のアンパンマンのような顔をしたポニーテイルの彼女の手としっかりと繋《つな》がれていた。

職員たちの間に微妙な空気が流れ、民夫をチラと見る者もいた。

民夫が平常の業務と変わらぬ顔つきと物腰で席を立とうとすると、スマホをいじっていた桃子が先に立ち、用紙を手に、一ミリの祝意も込めず早口でカップルに言った。

「この用紙に記入してください」

そして、その手続きが終わると、この日の業務と民夫の一件も、すべてが終了した。

3

外はもう暗くなりかけた週末の夕刻。リビングで、民夫は目の前に折り畳み式の将棋盤を置いて駒を並べ、テレビの将棋番組を観ていた。

画面の中では、先ごろ七冠を達成したばかりの名人が、十四歳の新鋭に「負けました」と頭を下げていた。十四歳の天才少年棋士の面差《おもざ》しは、どことなく真里菜を奪った後輩の吉住に似ていた。外務省のキャリアである吉住は確か、来月からエジプトのカイロ勤務のはずだが、真里菜は彼についてゆくのだろうか。いや、考えるまい。今後一切、自分の辞書からエジプトという言葉も吉住という名も抹消《まっしょう》しよう。民夫はただ、吉住に似た十四歳の天才棋士をあっさり打ち負かす超天才少年が一刻も早く現れることを願った。そしてスマホの電話帳から吉住のデータを削除した。だがしかし、常に万が一の何かを期待する民夫は、真里菜のデータだけは消さなかった。

その時、玄関の呼び鈴《りん》が鳴った。

インターフォンのモノクロ画像に、暗視カメラ特有の瞳孔《どうこう》が真っ白になった中年女性の顔が大写しになっていた。

「隣の藤田《ふじた》です」

玄関に行き、ドアを開けると隣の藤田夫人がぎこちない笑顔で立っていた。こんな時間に何だろうと訝《いぶか》りながら、民夫は藤田夫人に挨拶《あいさつ》した。

「あ、どうも、こんばんは」

「こんばんは。あのぅ、奥様、もう越してらっしゃいました？」

とうとうこの問いが隣人から発せられる時が来たか。しかし、民夫は何の答えも言い訳も用意していなかった。

「いえ、まだ」

「奥様がいらしてからでいいんですけど、ゴミ出しとか町会のルールなんかをお話ししておこうかなって」

「僕が今伺《うかが》っておきます。実は家内は、その……」

破談になりましてのひとことが言えない民夫は、つい出まかせを口にした。

「急に海外へ転勤になりまして」

「あら、どちらに？」

「えっ……エジプト」

抹消したはずのエジプトというワードは、意外にも民夫の脳内で単語登録順位筆頭の座をしめていた。

「エジプト？　奥様って、どんなお仕事なさってるんですかぁ」

「多分……ミイラの発掘などを」

なぜそんなでたらめが次から次へと口をついて出るのか、自分でも分からなかった。

「奥様って、吉村作治《よしむらさくじ》みたいなお仕事をなさってるんですね」

吉村作治、そんな名前の考古学者のようなタレントのような人がいるな。

「はいそうです。今ちょっと台所でそうめんを茹《ゆ》でているところなので」

民夫はそう言って会話を打ち切った。

4

役所での昼休み、職員食堂の長テーブルの隅で民夫がたぬき蕎麦《そば》と稲荷《いなり》のセットを食べていると、とんかつ定食のトレーを持った鍋島がわざわざ民夫の姿を見つけて隣にやってきた。

席につくなり、鍋島はデリカシーに欠けた相変わらずのトーンで笑いかけてきた。

「どう調子は」

「はぁ、まあまあです」

「いいわけないよな。孤独だよな。寂しいよな」

今日の鍋島は、何が何でも民夫の背中に孤独者の烙印《らくいん》を押したがっているようだった。上司なので一応結婚式には呼んだが、普段鍋島と親しく会話を交わしたという記憶がない民夫は、この男の不気味な攻勢に一気に食欲を失い、蕎麦を片付けた後の稲荷に箸《はし》が伸びない。

ここは相手の出方を窺《うかが》うしかなかった。

「一人で住むには広すぎるだろう、一軒家は」

「まあ」

そうか、こいつは不動産屋か何かに親戚がいて、住み替えを勧めてきたのか。

しかし、鍋島の狙いはそこではなかった。

「ペットを飼ってみたらどう」

ほう、意外に部下を思いやる気持ちがあるのか、この人には。だが、自分の答えはノーだ。

「僕、動物はあんまり好きじゃないんで」

やんわりと、しかしはっきりと断ったつもりだが、とんかつを頬張る鍋島は、こめかみの筋肉を躍動させながら民夫の返事を無視した。

「今週の土曜、何か予定入ってる？」


土曜日。

民夫は気乗りのしないまま、あざみ野《の》にある鍋島の家を訪ねた。

五年前に購入したという鍋島の家は、民夫が買った家と同じような大きさと間取りの一戸建てで、彼の妻の麗子《れいこ》はチワワのようにクリクリとした目のキュートな美人だった。

「赤西さん、やっと会えましたね」

玄関に入るなり麗子からそんな言葉で迎えられた民夫は、良い気分になる前にまず宗教かネットワークビジネスの勧誘を恐れてたじろいだが、それは杞憂《きゆう》に過ぎなかった。

しかし、いずれにせよ、この時すでに民夫は麗子に〝ロックオン〟されていた。

鍋島の家には五匹の犬と四匹の猫がいて、そのうち犬三匹と猫二匹が保護された犬猫だった。若い小型犬たちと三毛猫二匹はすでに里親が決まっているが、推定一歳の雄犬だけがなかなか引き取り手が見つからないという。一歳といっても、完全に成犬の体格なので、里親候補が尻込みするのもむべなるかなである。ラブラドール・レトリーバーとプードルを交配したラブラドゥードルというやや大型の長毛種で、大きな身体《からだ》をムクムクとした白い毛に覆われている。

麗子はその犬を多少芝居がかった不憫《ふびん》な目で見つめ、微笑《ほほえ》んだ。

「とっても性格が良くて利口な子なんですよ」

「そうなんですか。可愛いワンちゃんですよね」

そんなにいい犬ならこのまま飼ってあげてはどうですか、という言葉をかろうじて呑み込んだ民夫は、動物たちには絶対に視線を向けないように、窓の外を眺めるふりなどしながら麗子に淹《い》れてもらったブルーマウンテンを啜《すす》った。

民夫が犬にまったく興味を示さないにもかかわらず、「可愛いワンちゃんですよね」というお世辞を最大限にポジティブに受け止めた麗子は、この見合いを強引にとりまとめにかかった。彼女はその雄犬の首周りをくしゃくしゃに揉《も》みながら犬に話しかけた。

「よかったね、優しいパパができて」

「いえ、あの、僕はまだ」

民夫の言葉をさえぎり、麗子は畳みかけてくる。

「動物愛護センターの前に置き去りにされていたんです。名前はハウっていいます。私が名付けました。声帯除去手術を受けてるみたいで、『ハウッ、ハウッ』ってかすれた声しか出ないの。それで、ハウって名前にしたんです」

麗子の傍《かたわ》らにいて恵比寿《えびす》様のような笑顔を見せていた鍋島も、ハウのうなじをこね回すように揉みながら、

「よかったなぁ、ハウ」

とハウに話しかけ、さらに図々しい提案をしてきた。

「あっ、そうだ。赤西君、ついでに猫も二匹くらいどう？　インスタに写真あげたりしたらあっという間にフォロワーが一万人とかつくから。もう君も孤独とはオサラバだ」

「いや、猫は飼えません。猫アレルギーなんで」

民夫は、今度はきっぱりと言い、大袈裟《おおげさ》にくしゃみをしてみせた。猫アレルギーというのは咄嗟《とっさ》に口をついて出た嘘《うそ》だったが、その不用意なひとことによって、ハウを貰《もら》い受けることを了承したことになってしまった。少なくとも麗子と鍋島はそう理解した。

その時、ハウが民夫を見て、鳴いた。それは確かに「ハウッ」というかすれた声だった。

民夫は初めてハウの顔をまじまじと見た。ハウも民夫を見つめていた。そのタイミングを逃さず、麗子が言った。

「ほら、撫《な》でてやって」

「噛《か》みませんか」

「嫌いな人なら噛むかも」

麗子はそのチワワに似た潤《うる》んだ瞳でいたずらっぽく微笑み、民夫の手をとってハウの鼻先に近づけた。

ハウは、民夫の手をぺろりと舐めた。ハウのベロは湿っていて、温かかった。

5

民夫はソファに寝転んで、麗子から渡された『犬と人との幸せな暮らし』という小冊子をペラペラとめくってみたが、内容がいっこうに頭に入って来ないので二分で放り出した。

が、しかし、今、この自宅リビングの二メートルと離れていない目の前に、推定一歳の雄の大きな犬がいる、その事実だけは放り出しようのない現実だった。

部屋の隅に置かれた段ボール箱には、人工添加物不使用のドッグフード、ハーネスとリード、グローブ型のペットブラシやシャンプー剤、トイレシートなどなど麗子から渡された犬グッズがあふれ、玄関の広くもないエントランスのほとんどの面積は大型犬用のトイレパネルに占められていた。ハウはすでに家の中で大小の排泄《はいせつ》ができるよう麗子に躾《しつ》けられている手のかからない犬ではあるが、朝夕の二度の散歩、餌やり水やり、ブラッシングと歯磨き、動物病院での定期的な健康チェック、時々のシャンプーなどなど、これから民夫が飼い主としてしなければいけないことは多かった。

やれやれ、この家を人に貸すか売るかして元いたような1DKのアパートに越そうかと考えていた矢先にとんだお荷物を抱えてしまうとは、なんと人生とはままならないものか。仕方ない。自分の人生とはいつもこうだ。これが自分の運命なのだ、諦《あきら》めよう。民夫は貧乏くじを引くのに慣れた人間だった。

民夫にとって幸いだったのは、彼は元々動物に興味のない人間だったことだった。つまり民夫は、〝命を預かる〟という自覚もなく、自分に課せられた責任の重さについて無頓着《むとんちゃく》なだけに、プレッシャーもさほど感じずに済んだのである。ただ、彼がいささか心外だったのは、ハウの民夫への譲渡が決まった後に麗子が発した「ホントは独身の方は、里親さんとしてはベストではないんだけど、赤西さんも寂しい思いをされていることだし。もしハウが赤西さんのおうちで幸せになれなかったら、いつでもうちに返していただきますね」という言葉だった。頼みごとをしてきた人間が相手の人の良さにつけこんであっさり立場を逆転させるという落語のような展開には、民夫もさすがにもやもやするものがあった。

しかし結局のところ、成り行きとはいえすべては民夫が自分自身で選んだ道だった。

民夫はハウを見た。

ハウは静かに伏せている。そして、主人の視線に応えるように民夫を見つめていた。彼は、自分の鼻の頭を二回ほど薄くて大きな舌を器用に使ってペロペロと舐め、笑ったように口を半開きにしてハッハッと軽い呼吸音を発しながら息をしていた。

犬の散歩には少し遅い時間だが、民夫はソファから身を起こし、ハウの身体にハーネスとリードをつけ、面倒くさそうに「行くか」とつぶやき、玄関へ向かい、外へ出た。ハウはまるで優秀なトレーナーに扱われるように民夫にピタリと寄り添い、主人の歩調に合わせて歩いた。

こうして、三十二歳独身男と声を失《な》くした犬の生活が始まった。

ハウは、麗子の言う通り性格が良くて利口な犬だった。そして、赤西民夫はハウが懐くほどの価値のある人間ではなかった。にもかかわらず、ハウは民夫が仕事から帰宅すると千切れるほどに尻尾《しっぽ》を振って主人を出迎えた。しかもハウは自分から餌や散歩の催促をするそぶりなど微塵《みじん》も見せないのである。

民夫は、なぜこの犬がこれほど自分に懐いているのか訝《いぶか》しみながらも、まあそれが犬というものなのだろう、くらいに考えていた。だが、それは、犬と人間との関係を根本的に誤って捉えている愚かな人間の考え方だった。ハウは、誰でもない何者でもない何かから遣わされた〝ギフト〟だった。民夫がそのことに気づくのは、ずっとのちのことである。

6

民夫は半ば義務的にハウを動物病院に連れて行った。麗子から、民夫の自宅近くに評判のいい獣医さんがいるからそこをかかりつけにするように言われていたのである。

その獣医は五十代半ばの、オランウータンにそっくりな顔をした男だった。いや、むしろ白衣を着たオランウータンそのもののように民夫には見えた。民夫は今までの人生で人にあだ名をつけたことはないが、この時ばかりは即座にその獣医師を心の中で「ウータン」と名付けていた。

　ウータンは、ハウの身体を触ったり、口の中を見ると、ゆっくりと穏やかな口調で言った。

「うん、健康、健康。歯磨きとかはちゃんとやってる？」

「歯磨き、犬が？」

　そういえば、麗子にも歯磨きは毎食後きちんとやってくれと言われていた。

　獣医師はハウの頭を優しく撫でている。

　白衣を着たオランウータンが犬を撫でている。民夫にはどうにもそれが奇妙な光景に見えていて、笑いをこらえるのに一苦労だった。

　ウータンはハウを撫でながら言葉を続けた。

「しかし、あなた性格良いな」

　民夫は自分が言われたのだと勘違いし、年長者とはいえ初対面の人間に「性格がいい」などと上から目線で言われたことを心外に思いつつ仏頂面で言った。

「それは恐れ入ります」

「あなたじゃなくて、ハウ君だよ。頭もいい」

「あの、私はペットを飼ったことがないので分からないんですけど、利口な犬なんですかねやっぱり」

「何でも分かってますよ、この犬は」

「ほう」

民夫は「この犬が、何でも分かってる？　宇宙のことも私のことも何でも分かってる？　医者とはいえ、なんであなたはそう言い切れるんですか？」という言葉をかろうじて呑み込んだ。料金を払ってさっさとこの消毒液の匂いがキツイ動物病院を去りたかったのである。

ウータンのアシスタントが電子カルテにハウのデータを書き込んでいる間、ウータンは民夫にハウの歯の磨き方を丁寧に説明してくれた。実は、それは既に麗子に教わっていたことだが、民夫はハウの歯磨きをサボっていたのだった。

「マイクロチップは、どうします。埋め込みますか？」

「埋め込むって？」

「首のこのへんに注射みたいな感じで打ってチップを入れるんです。万が一行方が分からなくなった時とかに備えて」

万が一ハウが行方不明になりでもしたらそれこそ麗子が黙っていないだろうから、という理由だけで、民夫は訊《たず》ねた。

「もし保健所に捕獲されたりしたら保健所はマイクロチップを確認してくれるんです

か」

「まあ、自治体にもよるでしょうが、普通そこまではしてくれません」

それを聞いて民夫は熟慮せず即答した。

「じゃ、いいです」

役所に行く前の早朝と、役所から帰宅した後の一日二回、民夫とハウは近所の川沿いの道を散歩した。

犬を連れた人々はなぜか互いに笑顔で「おはようございます」とか「こんにちは」と声をかけ合い、ちょっとしたコミュニティーが作られていたようだったが、民夫はそんな飼い主同士の挨拶すら面倒だった。朝夕の犬の散歩の時間など民夫にとっては人生に新たに発生した面倒な義務でしかなかったのである。

散歩中、ハウはいつも笑ったような顔で民夫を見上げていたが、民夫がハウに笑みを返すことはなかった。

以前なら昼まで寝ていた土曜の朝、民夫はスマホのアラームに叩き起こされる。

朝の散歩を終えた民夫はハウの目の前にドッグフードの入った皿と水を置いた。

ハウはいつものように、すぐには食べずに民夫に視線を向ける。

「よし」

民夫が言うとハウは食べ始めた。

綺麗《きれい》に食べ終え、脇に置かれた水をペチャペチャと飲むハウを、民夫はじっと見ていた。ハウに愛情を感じ始めていたわけではなく、舌をクエスチョンマークを逆さにしたような形に曲げて上手に水をすくい上げるその技に感心していたのである。

民夫は食器棚からハウの水入れと同じくらいのサイズの皿を出して水を張り、四つん這《ば》いになってハウを真似て水を飲もうとしたが上手く行かず、逆に激しく咳《せ》き込んだ。水は気管に入ったらしく、民夫は四つん這いのまま、ゲホゲホと咳き込んだ。

咳《せき》が収まらず苦しむ民夫を見たハウは、主人に重大な事態が起きたと思い、民夫の顔を覗《のぞ》き込む格好で、「ハウッ！　ハウッ！」と鳴き続けた。それは四本足の犬と四つん這いの男が向かい合い互いに何かを訴えるかのような絵図だった。

やがて咳も収まり、民夫がそのまま床に腹這《はらば》いになると、ハウは安心したのか、民夫に自分の身体を密着させるようにして伏せた。ハウの体温がじかに民夫の身体に伝わってきた。

その時、民夫の心の中に何か〝愛情のようなもの〟がほんのわずかだが芽生えた。民夫はハウの頭を雑に撫でた。ハウは伏せたまま尻尾を振った。

民夫は笑みを浮かべるでもなくハウの顔を見ていたが、やがて、ハウを撫でた手を自分の鼻に近づけ、クンクンと匂いを嗅ぎ、顔を歪《ゆが》ませた。

民夫はハウを洗うことにした。

「お座り」

民夫が言うと、ハウは浴室の洗い場に素直に腰を下ろした。

食器洗い用ゴム手袋をした民夫はシャワーの温度を確認することもなくハウの身体に湯をかけ、麗子に貰った低刺激のオーガニック犬用シャンプーを分量も考えずにハウの身体に塗りたくり、ゴシゴシとこすった。ハウは特に嫌がる様子もなく、おとなしくしていた。

民夫はこの犬用シャンプーの匂いが今一つ自分の好みに合わないと感じると、自分が普段使っている安物のシャンプーをハウの身体に塗り、大して泡立てもせずシャワーで洗い流した。ハウが濡《ぬ》れた身体を振って水を弾《はじ》き飛ばすと、民夫は露骨に嫌な顔をしながらタオルでハウを雑に拭き、ドライヤーで入念に乾かした。しっかり乾かしたのは、生乾きでハウが匂ったら嫌だという完全に自分の都合である。

翌日の日曜は朝から、嵐と言うほどでもないが結構な雨風が吹き荒れていた。

民夫はハウを散歩につれて行かずに済む良い口実ができたと、録画していた将棋番組をテレビで見ていた。こんな日に散歩に出かけたら、折角洗ったハウの足が泥だらけになってしまう。ハウが家でトイレができる犬で本当に良かった、この時ばかりはそのように躾けてくれた麗子に感謝した。

ハウは窓際にお座りして、少しだけ切なげな表情で窓の外を見ていた。

将棋番組を観終わると、民夫は将棋盤を出して、駒を並べ始めた。そして、ふとハウに視線を投げかけて言った。

「ハウ」

ハウは嬉《うれ》しそうに「ハウッ!」とかすれた声で応え、民夫の前に来てお座りをした。

民夫はハウの頭を撫でるでもなく、ため息交じりに呟《つぶや》いた。

「お前が、将棋ができたらなぁ」

主人の自分に対する失望を感じ取ったのか、ハウは申し訳なさそうな目で、「ハウ」と小さく鳴いた。

その時、民夫のスマホにラインが入った。麗子からだった。彼女は毎朝夕、ハウの様子を聞く為にラインを送って来るのだ。

『ハウは今日も元気ですか?』『朝夕のお散歩よろしくお願いします』

民夫はやれやれという顔で外を見た。外は相変わらず結構な雨風である。

民夫は、ハウに犬用レインポンチョを着せ、自分はフード付きのビニール雨合羽《がっぱ》にゴム長靴というスタイルでハウの散歩に出た。

家を出るとまもなく雨は上がった。ほんの五分ほど歩いた車の通りの少ない場所で、民夫は自分とハウの姿を写メに撮り、『ハウは今日も元気です』という素っ気ないコメントと共に麗子にラインすると、そそくさと家に帰ろうとした。その時、再び麗子から『ハウはボール遊びが好きだから、たっぷり遊んであげて下さいね』というラインが入った。

またも、やれやれと民夫はため息をついた。

民夫はハウを川原沿いに広がった草《くさ》っ原《ぱら》に連れていき、雨が上がったばかりだというのにテニスボールでボール遊びをした。そして、ハウがボールを銜《くわ》えて尻尾を振る動画を麗子に送り、『ハウは今日も元気です。利口な犬です』の一文を添えた。

「んじゃ、帰るよ」

麗子にラインし終わると民夫はハウをリードにつなげた。ハウは後ろ足立ちになって前足を民夫の肩にかけ、民夫の耳をペロペロと舐めた。

「よせ。お座り」

民夫が言うと、ハウは舐めるのをやめて、お座りをした。

まだ遊び足りないのか。

民夫は三秒ほど考えて、ハウのハーネスからリードを外した。ハウは嬉しそうに、尻《しっ》尾《ぽ》を激しく振った。

民夫はパーカーのポケットに一旦は仕舞ったテニスボールを取り出し、「五分だけだぞ」と言うと、川下に向かって思い切り投げた。

ハウは、放たれた矢のようにボールを追い、遠くの草むらの中からそれを見つけて銜えると、まっすぐに民夫のところへ戻って来た。

民夫はハウからボールを受け取ると、今度はもっと遠くへ、腕が抜けるほど思い切り投げた。ハウはボールを追って走った。

ハウの姿を見ていて、民夫は、この犬はこんなに速く走れるんだ、と今更ながら感心していた。

そのハウの喜びようを見た民夫は、いつもなら舌打ちしていたであろう泥だらけになったハウの足や腹の汚れが、それほど気にならなかった。家に帰ると、民夫はハウの足や身体をお湯に浸したタオルで丁寧に拭いた。

翌日の早朝も、民夫はハウと川沿いの草っ原でボール遊びをした。

翌々日もボール遊びをした。

いつのまにか、民夫は、ハウが全身で喜びを表しながら全力で走る姿を見ることが好きになっていた。

民夫とハウが毎朝川原で過ごす時間は、五分から十分、十分から二十分と増えていき、ハウとのボール遊びに時間を忘れ、危うく役所に遅刻しそうになる日もあった。

土日はたっぷりとハウと遊んだ。ボール投げに疲れた民夫が草の上に横になると、ハウはその場でグルグル回り、後ろ足で立って前足を犬かきのように動かした。それがハウのお得意のポーズだった。

それまで自分に対して何かをせがむ素振りを見せたことがなかったハウがこうして、自分に甘えている。民夫は地面から身体を起こし、ハウを抱きしめた。

民夫は、仕事から帰った自分のことを玄関に出迎えてくれるハウが愛《いと》しくなっていた。ハウの寝顔が愛しかった。ちょっと切なげな顔でトイレをするハウの表情すら愛しかった。

民夫が週末に将棋クラブで過ごす時間は少なくなっていき、ハウと一緒に過ごす時間が増えていった。グローブ型のブラシでハウを撫で、大きな毛玉を作ることも民夫の〝趣味〟の一つになっていた。ハウの爪を切る時、不器用な民夫は深爪してしまうことがあった。そんな時はさすがのハウも「クゥ」と切ない声を上げた。「ごめんごめん」と民夫が謝ると、ハウは「謝るには及びませんよ」と言うように民夫の顔をペロペロと舐めた。

いつからか、民夫はハウの前で自分を「とうちゃん」と呼ぶようになり、「とうちゃん、早く帰ってくるからな。いい子でいろよ」「ハウ、とうちゃんと風呂に入るか？」と話しかけるようになっていた。

そしてハウは自分の名前は〝ハウ〟であり、ご主人である民夫の呼び名は〝とうちゃん〟であることをはっきりと認識していた。

とうちゃんと自分の二人の生活が、ハウにとっての全世界だった。

7

その日も、仕事から帰った民夫は、ハウと一緒に夜の散歩に出た。反射鏡をつけたハウと夜の道を散歩することは朝の散歩とはまた別の、メランコリックな情緒があった。つい一か月前までは面倒くさいとしか思わなかった犬の散歩が、今や民夫にとっては人生の最大の愉《たの》しみとなっていた。

この夜の月は満月だった。

民夫はふと立ち止まって夜空を見上げた。ハウも民夫にピタリと寄り添ってその場にお座りをした。

頬を撫でる夜風が心地よかった。民夫は月をじっと見つめながら、かつて自分の人生においてこんなにも幸せな時間があっただろうか、と思った。

「よし、いくぞハウ」

優しくハウのリードを引いて歩き出した瞬間、民夫の腹部に激痛が走った。それまで経験したことのない痛みで、ううっ、と腹を両手で押さえてしゃがみ込んだ。

ハウは心配げに民夫の顔を覗き込み、「ハウッ、ハウッ」と鳴くが、民夫は唸《うな》るばかりでその場にうずくまったまま動けない。ハウは必死でとうちゃんの顔を舐めたが、顔を歪めたとうちゃんの額《ひたい》からは汗が噴き出していた。

ハウは、民夫をその場に置いて、矢のように走り出した。

ハウは、自宅の前を通り過ぎ、隣の藤田さん宅に向かった。藤田さんの玄関ドアを引っ掻《か》き、必死で鳴くが、そのかすれた声は誰にも聞こえない。ハウは庭に回った。だが、シャッター式雨戸は既に閉じられている。ハウは雨戸を必死に前足で引っ掻くが、藤田夫妻は結構な音量で夜のお笑い番組を観ていて、表での異変に気付かなかった。

ハウは再びとうちゃんのもとへと走った。自宅ととうちゃんが倒れている場所との中間地点まで来た時、遠くから屋根に赤色灯をつけた車がやってきた。巡回中のパトカーだった。

警官たちは自分たちの車に向かって突進してくる大型犬に驚き、安易に車外へ出て噛まれでもしたらと思うと、今自分たちが見ているものを見なかったことにしてその場を立ち去りたかったが、相手の犬はそうさせてくれなかった。

ハウはパトカーのボンネットに飛び上がり、吠《ほ》え続けた。

警官たちは、自分たちの目の前の犬が明らかに口をワンワンと動かして吠えているにもかかわらず、まったく鳴き声が聞こえないという事態に困惑し、顔を見合わせた。

ハウはボンネットから降りると、警官たちを誘うように走りだし、その先の四つ角を曲がって姿を消したかと思うとまたパトカーに突進してくるという動きを繰り返した。

ここに至って警官たちはその犬が自分たちに、「こちらへ来い」と訴えていることを理解した。犬はハーネスとリードをつけている。ただの野良でないことも明らかだった。

警官たちは、面倒なことはやり過ごしたい、というい かにも公務員らしい公務員だったが、彼らもとうとう、この犬の必死な様子と健気《けなげ》さに心を動かされたのか、あるいは何かただごとでないことが起きていることを理解したのか、一人は車を降りて、一人はハンドルを握ったままハウの後についていった。


翌日の昼。

民夫は病室のベッドで目を覚ました。

四十代半ばの男性医師が民夫の顔を覗き込んでいた。

「具合はどうですか？」

「えっ」

「危うく腹膜炎を起こしかけてましたよ。盲腸だってこじらすと怖いですから」

「ハウは？」

「はい？」

「今日は何曜日ですか？　ハウにご飯をやって散歩に連れて行かないと」

上半身を起こすと、腹部に痛みが走った。

「ハウは大丈夫だよ」

医師の隣に鍋島がいた。

民夫のベッドは四人部屋の窓際だった。鍋島は民夫のベッドのストッパーを外し、窓の近くにベッドを動かした。医者も仕方なしにそれを手伝った。

そして、鍋島は民夫に微笑みかけ、窓の外、斜め下を指差した。

「ほら」

民夫はそちらを見た。

ここは三階で、正面には中庭があり、そこにハウと麗子がいた。

鍋島がラインすると、麗子はスマホを見て、こちらに向かって手を振って来た。そして、ハウに「ほら、あそこよ」とこちらを指差した。

するとハウはすぐに病室の窓際にいる民夫に気づいた。ハウは、その場でグルグルと回り、後ろ足立ちになって犬かきをするように前足を動かした。いつものお得意のポーズだ。そして、ほとんど声にならないいつものかすれ声で「ハウッ、ハウッ」と鳴いた。

「ハウ、とうちゃんは元気だぞ！」民夫は窓の外のハウに向かって言い、鍋島に「奥さんからハウに伝えてください」と頼んだ。

「了解っ」

鍋島は麗子にラインした。

麗子がハウにそれを伝えている姿が見えた。ハウは飛び跳ねるようにグルグル回っている。

民夫は医師に向かって、ホテルをチェックアウトするような口調で告げた。

「退院します」

「いや、手術をしたばかりだし、あと一週間は病院で様子を見ましょう」

民夫は大真面目に言った。

「ハウを部屋に入れてもらえませんか」

「それは許可できません」

「どうしてですか？」

まさか三十過ぎの大人とこういう会話をすることになるとは思っていなかった医師は

たじろいだ。

「衛生面の問題もありますから」

「ハウは人間よりも清潔ですよ」

医師は助け船を求めて鍋島を見たが、その鍋島はニコニコと笑いながらさらりと意外な言葉を返してきた。

「先生、セラピー犬という存在をご存じですか。ベッドサイドまでやってきて患者を癒《いや》す犬たちです」

「えっ、ええ、まあ。しかし犬嫌いの患者さんもいらっしゃるでしょうし」

すると同室の四十代から八十代の患者たちが次々と「犬は嫌いじゃないよ」「犬は可愛いよなぁ」「入れてやってくれよ、先生」などと言いだした。皆、退屈しきっているし、拷問のようにまずい病院食に嫌気がさして、これを絶好の機会とわがままを言いだしたのだった。

思わぬ事態に、医師はやんわりと話を逸《そ》らした。

「しかし、健気でお利口なワンちゃんですね。お巡りさんを呼んで、そのあと、救急車を走って追いかけてこの病院まで来たんですよ」

ハウのハーネスについた名札には民夫の電話番号とともに万が一の場合に備えて（これは麗子の提案であったが）鍋島の携帯番号も記されていた。そのおかげで民夫が緊急手術を受けることもすぐに鍋島夫妻の知るところとなったのだった。

医師の作戦は功を奏した。民夫は窓の外のハウを見て、感動にむせび泣き始めたのだ。

医師はこれを潮にと、逃げるようにさっさと病室を出て行ってしまった。

これ以後、医師も看護師も、ハウを病室に入れてくれという民夫の要求を規則を盾《たて》にきっぱりと却下し、代わりに民夫が車椅子で中庭に出てハウとスキンシップをとることを許可して和解が成立した。

一週間後、民夫は退院した。

退院した夜、自分のベッドの下で安心しきったように寝ているハウの姿をスマホで撮影した民夫は、その場で閃《ひらめ》いたように、「Haw」名でインスタ登録した。

8

ハウが民夫のもとにやってきてから、丸一年が経った。

今や、民夫にとってハウはかけがえのない存在、いや人生そのもの、いや自分の一部とすらいえる存在になっていた。ハウの存在に比べたら、将棋でさえ刺身のつまの位置に追いやられていた。

ハウにとっても世界は民夫抜きには存在し得ないし、民夫にとっても世界はハウ抜きには存在し得なかった。

そして今では、お隣の藤田さんやご近所の人たちの間にも、エジプトへ赴任しているらしい〝赤西さんの奥さん〟のことは触れてはいけない話題だ、という暗黙の了解が出来上がっていた。赤西さんのお宅のメンバーはあくまで赤西さんと愛犬ハウちゃんの一人と一匹であって、区役所勤務の赤西さんは奥さんだか婚約者だかに逃げられはしたものの、ゴミ出しや町会のルールもきちんと守るまともな人間であることにご近所の人々は一様に安心していた。

一人と一匹の生活は、まさに日々平穏であった。

木曜日の午前。

有休をとっていた民夫は、ハウの餌やハウの遊び道具、そしてついでに自分が使う日用品を買いにホームセンターにやってきた。もちろん、ハウも一緒である。

動物は入店禁止なので、民夫はハウを店の入り口脇にある車椅子用スロープの手すりに繋いだ。

「とうちゃん、二十分くらいで戻って来るからな。ハウはいい子にしてるに決まってるけど、おとなしく待ってるんだぞ」

ハウは分かったというように「ハウッ」と一回だけ鳴いて、その場にお座りをし、店内に消えてゆく民夫を見送った。

ぴったり二十分後。

ドッグフードや犬用のガムが入ったビニール袋を両手に提《さ》げて店を出て来た民夫は、その場に立ちすくんだ。

そこにハウがいなかったからである。手すりに繋いだリードとハーネスは、だらりと地面に垂れていた。

「ハウ！」

民夫はハウを呼んだ。ハウは利口な犬だ。もし何かの事情があって自分から身体をよじってハーネスを抜けたのだとしても、呼べばすぐに戻って来るはずだった。

だが、いくら呼んでもハウは現れない。

とりあえず荷物をその場に置き、手すりに繋いでおいたリードとハーネスを外した。ハーネスには、飼い主である民夫と鍋島の連絡先が記されている名札が残されていた。

カートを片付けに来た男性店員に民夫は切羽詰《せっぱつ》まった口調で訊ねた。

「犬、ここに繋いでおいた犬、見ませんでしたか」

「ああ、大きなワンちゃんね……あれっ、どこ行ったんですかね」

「どこ行ったんですかねじゃないでしょう！」

思わず声を荒らげたが、もとより店員に責任はない。

民夫の心臓は早鐘を打ち、頭がくらくらしてきた。

「ハウ……ハウ！」

だだっぴろい駐車場に民夫の叫びが虚しく響いた。

民夫はホームセンターの周辺を、大声でハウの名を呼びながら探し回った。いつもの散歩コース、まだハウと歩いたことのない場所、町内を駆けずり回った。

途中、動物愛護センターにも電話した。

「はい、声帯除去手術を受けていて……あ、いや、首輪はついてなくて……マイクロチップは埋めていません」

動物病院でマイクロチップはどうするかと訊ねられた時のことを思い出した。猛烈な後悔が押し寄せてくる。

「ああ、とうちゃん何でマイクロチップ入れなかったんだよ。ハウ……」

民夫はその日から毎日、県内と都内のすべての動物愛護センターや保護センターに連絡したがハウらしき犬は保護されていなかった。

ある愛護センターの人が言った。

「こういうことは考えたくはないでしょうが、一応各清掃局にも連絡を取られた方がいいかと思います。路上で死んだ犬猫などは、資源循環局の管轄になるので。その他、保健福祉事務所や警察署にも問い合わせをしていただければ、と。役所の方からお宅様へ連絡を入れることはないので、まめにそちらから連絡を入れていただいて確認してください」

このアドバイスは民夫にとってショックであり、どうしようもなく気持ちを滅入らせた。希望をもって探そう、と心を奮い立たせると同時に、すでに事故で死んでいることも念頭に入れなくてはいけないのか……。しかも、横浜市内だけでなく隣接する東京、川崎の、それぞれの地域の清掃局にもまめに連絡を入れ続けなくてはいけないとは。民夫は各清掃局に電話を入れるたびに、命が削られてゆく思いだった。

民夫はハウが行方不明になったことを鍋島夫妻に報告した。

「大丈夫、きっと見つかるから」

何の根拠もない麗子の言葉だったが、今の民夫には大いなる救いとなった。鍋島夫妻は、各所に連絡をとる役目を自分たちが一部負担しようと言ってくれた。

民夫は、ハウの写真を拡大コピーし、『ハウを探しています！　ラブラドゥードルという種類の大型犬。体長は一メートル。人懐こく利口な犬です』の文章を添えて電柱に貼って歩いた。さらにインスタでハウが行方不明になった情報を上げ、さらにフェイスブックやあらゆるＳＮＳに登録して情報の拡散を呼び掛けた。もちろん麗子も全力でサポートしてくれた。

民夫はあらゆる手を尽くす中で、ＳＮＳの世界には似たような投稿や情報が溢《あふ》れているのだなと改めて認識した。

情報は拡散され、すぐに沢山の善意の反応があったが、有力な情報は無かった。ただ、意外にも面白半分の悪意ある反応もほとんど無かった。あったとしても今の民夫にはネットの世界での悪意にいちいち傷ついている暇はなかった。とにかくハウを探し出さなくては。ハウに会いたい、の気持ちで心がいっぱいだった。

週明けには休みをとり、足を使ってハウを探した。

お隣の藤田さんやご近所にも頭を下げて協力を頼んだ。

「もし、僕の留守中にハウが戻ってきたらお願いします」

「早く見つかるといいわね。わたしも散歩のついでに探してみるわね」

その藤田夫人の言葉は嘘ではなかった。彼女は民夫が作った捜索チラシを町会やご近所の知り合いに配って歩いてくれたのである。これは民夫にとっても意外なことだった。飼い犬が行方不明になる、という事件はもしかして〝人間が行方不明になる〟ことよりも人々の同情と関心を呼ぶのではないかと思うほどだった。

麗子の提案によって、プロのペット探偵も雇ってみた。ペット探偵のギャラは交通費などの経費は別にして一日三万五千円で、チャールズ・ブコウスキーの小説に登場するヘボ探偵の十倍以上の値段だったが、その金額に関して民夫は全く意に介さなかった。ペット探偵は、「自分は犬以上の嗅覚と直感を持つ」と断言する四十代の元神奈川県警生活安全課巡査長で、行方不明の動物を見つけ出すことに関しては、並々ならぬ執念と誇りを持っていた。

「絶対に探し出します。安心してください」

ペット探偵は自信満々に言った。

正直なところペット探偵の投入でハウがすぐ見つかると思うほど民夫はお気楽な人間ではなかったが、とにかく今の民夫はあらゆるものに望みを託したい心境だった。

麗子は日に何度も民夫にラインを入れてきたため、民夫はスマホが震えるたびに「なにか良からぬ知らせではないか」と心臓が止まる思いだった。

ハウが行方不明になって五日後、民夫は絶望的な心境の中でわずかに残った理性によって役所に出勤したが、仕事中もつねにスマホをチェックしており事実上仕事はまるでしていなかった。鍋島もそのことについて一切注意めいたことはしなかった。鍋島は麗子に「ハウが見つかるまでは、赤西さんを捜索に集中させてあげて」ときつく言われていたのである。

口の軽い鍋島によって、民夫の愛犬が行方不明であることは住民課の職員全員が知るところとなり、皆、民夫が勤務中も全力でネット情報をチェックするようにサポートしてくれた。そして、そういうことに最も無関心でありそうな足立桃子、髪をハイトーン&グリーンに染めて同僚や上司ともめったに目を合わせないあの入職三年目の宇宙人足立桃子、民夫とは仕事以外ではまったく口をきいたことがない足立桃子ですら、自分のSNSで情報を拡散してくれていた。

SNSには「ハウが見つかりますように」「情報拡散させてください」というメッセージは次々入るものの、依然有力な情報提供はなかった。

時たま、『この犬ではありませんか?』という画像も上がるのだが、どれもハウではなかった。それでも、絶対に諦めてなるものかという思いが民夫を支えてもいた。というよりは、もし諦めたらその時点で自分の精神が崩壊してしまう、そのことが怖かった。

ペット探偵からは毎日朝夕に報告があったが、探偵の自信満々な態度は日に日にしぼんでいった。探偵から「万が一見つからなくても、前払いでいただいた料金は返却できません」というセリフが出てきた時点で、民夫はこの探偵に過度な期待を寄せなくて正解だったと思った。

週末、鍋島夫妻はハウの捜索を手伝ってくれた。

日が落ちてからは民夫の家にやってきて、民夫を励ましてくれた。しかし、さすがに能天気な鍋島と麗子も口数が少なくなっており、リビングルームは重苦しい雰囲気に包まれていた。

リプトンのティーバッグで淹れた紅茶を三人で飲みながらの沈黙がしばらく続いていた時、民夫がポツリと呟いた。

「もし、このままハウが見つからなかったら」

「大丈夫、見つかりますって」

麗子が言った瞬間、鍋島の腹がグゥーと鳴った。

「あなた、こんな時にお腹が空いたの？」

「お昼はもり蕎麦だけだったし」

「あなたが『蕎麦がいい』って言うから駅前のお蕎麦屋に入ったんじゃない。だからあたしが言うようにカツ丼と蕎麦のセットにすればよかったのよ。どうせ値段は二百円しか違わないんだし」

この場のムードにふさわしくない鍋島夫妻の会話が、民夫の暗澹《あんたん》たる気持ちを和《なご》ませることはなかった。

「ハウはお腹をすかしてるかな」

民夫が部屋の隅にあった犬用の骨型ガムを見つめながら呟いた。

麗子は、不用意な発言をした夫の横っ腹にグーパンチを叩《たた》き込み、言った。

「祈りなさい。あなたにはそれくらいしかできなんだから」

「はい」

鍋島はクリスチャンでもないくせに、なんとなく両手を組み合わせて目を閉じた。それがその場にふさわしいポーズであるように彼には思えたのだった。

その時、民夫に電話がかかって来た。民夫はスマホが震えて一秒と経たない素早さで画面をスワイプした。相手はペット探偵だった。

「もしもし……はい……はい……」

ペット探偵からの電話は長く、五分以上も続いた。その間、民夫は冷静にふむふむと暗い相槌《あいづち》を打っていた。

「分かりました。ありがとうございました」

民夫は電話を切った。

「どなたから？」

麗子が訊ねた。

「ペットの探偵さんからでした」

それまで、両手を合わせて信じてもいない神様に祈っていた鍋島は、いかにも彼らしい思慮の浅さで自分の得点を麗子にアピールした。

「僕の祈りが通じたか」

しかしそれは最悪のぬか喜びだった。

民夫は、鍋島の背後の遠い遠い場所にいる何かを見るような虚ろな目で、言った。

「ハウは、死んだみたいです」

鍋島夫妻の顔から、血の気が引いた。

永遠とも思えるほどに続いた沈黙ののちに、民夫が途切れ途切れの言葉で語ったところによると――

ハウが行方不明になった日の午後、横浜市内鶴見川《つるみがわ》沿いの県道で、一匹の車に撥《は》ねられたと思《おぼ》しき白い大型犬を一人のホームレスの男が見つけた。男は川原で犬を数匹飼っている犬好きで、怪我《けが》をした犬を見つけると、自分のブルーシートハウスに連れて帰り看病をした。愛護センターに連絡を入れるという発想のない彼は、その犬に水を飲ませたり、骨折したと思しき個所に添え木をあてるなどして面倒を見た。犬は僅《わず》かだが食べ物も口にした。そして一週間ほどしてそれなりに回復したと思っていたところ、犬の容体《ようだい》が急変し、息を引き取ったという。男は勝手に川原に犬を埋葬したが、時間が経つにつれてあたりに異臭が漂うようになり、男とあまり仲の良くないホームレスの通報によって警察と愛護センターの人間がやってきて、犬を掘り出し、即焼却処分したという。それがつい、昨日の午後のことだった。ペット探偵が言うには、犬が撥ねられた場所はホームセンターからそう離れていない道であり、撥ねられたと思しき時間や外見的な特徴から見てハウに間違いないだろう、ということだった。

――鍋島夫妻にそう話し終えた民夫は、少なくとも見た目はしっかりしている様子だった。

その日のうちに、民夫はペット探偵に伴われて、くだんのホームレスの男を訪ねた。男は本名かどうかは分からないが加藤《かとう》と名乗った。すでに加藤はペット探偵からハウの写真をいくつか見せられてはいたが、改めて民夫から何枚か別の写真や動画を見せられると、はっきりとした口調で言った。

「ああ、この犬だ。吠えたりもしねえで、性格のいいワンコだったな」

民夫は、小さな声で訊ねた。

「苦しみましたか？」

「いや、眠るみたいに死んじまったよ」

翌日、民夫とペット探偵は、ホームレスの男の証言を確認するために、犬の死骸の処分を管轄する資源循環局を訪ねた。確かに、週末、横浜市内鶴見川の川原で犬の死骸を回収し、処分したということだった。

民夫は、ハウが死んだという事実を、受け入れざるを得なかった。

翌日から民夫は、平常通り、役所に出勤した。ハウが死んだというのに、なぜ仕事などできるのか、自分自身不思議だった。まるで、とても奇妙な夢を見ているような感覚だった。

職場から帰宅して、食事を済ませ、入浴し、ベッドに入った途端、生涯で経験したことのない悲しみが押し寄せてきた。

民夫はベッドを出て一階に降り、真里菜に婚約破棄された時に購入したロープを仕舞ってある物置の扉を開けた。今回は本気だった。

だが不思議なことに、そこにロープはなかった。捨てた覚えはなかったが、ロープは消えていた。

生きろ。

ということなのか……。民夫は生きていたくはなかったが、それがハウからのメッセージであるならば、死ぬわけにはいかない、と思った。

それから一週間ほど、民夫は役所での仕事だけはなんとか平静を保ちつつこなしていたが、それ以外の時間、家の内外関係なく、電車の中でも通りでも泣き続けた。父が死んだ時よりも母が死んだ時よりも悲しみは深く痛切だった。

「ハウ……どうして、どうして、僕を残して……ハウ！」

ハウがいなくなって約一か月が経ったある日の午後七時。

民夫はいつものように役所の仕事を終えるとまっすぐに自宅に帰って来た。

玄関に入るなり民夫は元気よく、

「ハウ、ただいまぁ！」

そう言って、彼の目にだけ見えているハウを抱きしめる。

そして、まるで自分にハウがまとわりついているような想定でリビングに入る。

「そうか、寂しかったか、ごめんな」

と、寝転がるハウの身体を撫でまわす身振りをするのだった。

「散歩いくか？」

民夫は彼の心の中にだけいるハウと共に夜の散歩に出た。

夜空には満月が浮かんでいた。

民夫はいつもハウと散歩していた道を、リードを持った格好で一人歩いた。

そして突然立ち止まり、夜空に向かって叫んだ。

「ハウゥゥゥ！」

第二章　遠い空の下

1

静かな波が打ち寄せる岸壁には、古い灯台が、月明かりに照らされて蒼白《あおじろ》く屹立《きつりつ》していた。そして、その灯台の足下に、ハウはいた。

ハウは、夜空に浮かぶ月を見ていた。いや正確には、月に目を向けながら、民夫《とうちゃん》と一緒に散歩する幸せな時間を想っていた。

ハウは生きていたのである。

ハウが民夫の前から姿を消した時、あのホームセンターで何が起きていたのか——

「とうちゃん、二十分くらいで戻って来るからな。ハウはいい子にしてるに決まってるけど、おとなしく待ってるんだぞ」

そう言って、民夫はホームセンターの中へ入っていった。ハウは「ハウッ」と一回だけ鳴いて、その場にお座りをし、少し切なげな目で、店内に消えてゆく民夫を見送った。

ホームセンターの前は野球のグランドほどもある広い駐車場で、平日の午前ということもあってほとんどガラガラだった。駐車場には車止めもなく、白線で枠が引かれているだけだった。

そのだだっ広い駐車場で、十歳と八歳くらいの兄弟がフリスビーをしていた。

兄が投げたフリスビーを弟が取り損ねた。

「おらっ、たけし、ちゃんと取れよ」

弟は後方に逸《そ》らしたフリスビーを拾いながら、

「兄ちゃんの投げ方がヘタクソなんだよ！」

弟は、フリスビーをわざと兄がとれないようなめちゃくちゃな方向へ投げ返した。

兄はそのフリスビーを追うこともなく怒鳴った。

「ちゃんと投げろよ！」

「うっせえなぁ」

そして、兄弟のいつものパターンで喧嘩《けんか》が始まった。「なんだよぉ」「ふざけんな」

「ばかやろう！」

弟が兄に突進すると、兄は弟の髪の毛を摑《つか》み、体格にものを言わせてねじ伏せようとする。

弟が兄を蹴り、兄は弟の頭を少しだけ手加減しながら叩《たた》いた。

たいがいの男の兄弟というのは、年少時は地獄のように仲が悪いものであり、この兄弟もご多分に漏れず、このようなバトルを日に何度となく繰り返し、最終的に弟が泣き叫ぶとか母親に怒鳴られるとかで闘いは鎮静化するのだが、今日は違った展開が待っていた。突如、二人の間に大きな犬が割り込んで来たのである。ハウだった。

ハウは後ろ足立ちになり、まるで人間が力の強い方を制止するかのようなかたちで、兄の方に身体を預けてきた。

「うおおおっ」

「うわっうわっ」

兄と弟は同時に声を上げてのけぞった。

ハウはすぐさま、自分は人に襲い掛かろうとしているわけではなく「じゃれついているだけだ」と言うように、二人の間の地面に伏せて寝転がり、腹を見せた。

先ほどから店の入り口で兄弟の争いを見ていたハウは、なんとか争いを鎮《しず》めようと、かすれた声で「ハウッ、ハウッ」と両者に吠《ほ》えかけ、身をよじり、ハーネスを抜けて兄弟の仲裁に入ったのである。

兄弟は、そんな大型犬の出現に呆気《あっけ》にとられ、その場に立ち尽くしていた。

腹を見せながら身体を左右にねじっていたハウは起き上がり、兄弟に交互に身体を擦《こす》りつけ、また寝転がって腹を見せた。元々はそう頭が悪いわけでもないこの兄弟は顔を見合わせて、「喧嘩をやめて」というハウの意図を理解した。

「分かった。分かったよ。仲直りするから」

兄がハウの腹をさすると、弟もそれに倣《なら》うようにハウを撫《な》でた。

兄は、フリスビーをとってきて、ハウに言った。

「お前もやるか？」

「ハウッ！」

ハウはそれに応えるように思い切り尻尾《しっぽ》を振った。

「いくぞ」

兄は、フリスビーをふわりと、優しく、そして高く投げ上げた。

ハウは矢のように走った。

そして、フリスビーが地上に落ちる前にジャンプして銜《くわ》え、兄のところに戻って来た。

「うおおおっ」

「すげえ」

兄弟は、感嘆の声を上げた。

「僕にもやらして！」

弟が兄からフリスビーを奪うように取り、思い切り投げた。だが、そのフリスビーは、駐車場に止めてあった四トントラックの開いたリヤドア——コンテナ後方の扉——から荷台へ入ってしまった。

「なにやってんだよ、バカ！」

いったんはそのフリスビーを追いかけたハウが、兄弟の争う声に踵《きびす》を返し、二人の元へ戻って来た。

「バカじゃねえよ！」

だが、再び火のついた兄弟の喧嘩は、ハウが必死で止めようとしても収まらなかった。

ハウは、兄弟から離れてトラックに向かった。そして、リヤドアの空いた荷台に飛び込んだ。荷物が積まれたコンテナの中でフリスビーを探すが、なかなか見つからない。

どうやらフリスビーは奥の方に入ってしまったようだった。

ハウは荷台の中に積み込まれた荷物の上を進み、一番奥でフリスビーを見つけた。

だが、フリスビーを銜えた瞬間、後方のリヤドアから荷台の中に差し込んでいた光が突如、遮断された。

トラックから離れていた運転手が戻ってきて、荷台に犬がいると気付かずにリヤドアを閉めたのである。

その時点で、くだんの兄弟たちはまだ激しく喧嘩を続けていた。そして弟が盛大に泣き出したところで、店内から両手に買い物袋を提《さ》げた彼らの母親がやってきて、兄弟に雷を落とした。

「おら、何やってんの！　行くわよ！」

母親は顎先《あごさき》で兄弟を店の入り口近くに止めたステップワゴンに向かわせ、三人で乗り込むと、駐車場から出て行った。

一方、トラックの運転手は、そのまま車を出してしまった。

それとほとんど同時に、両手にドッグフードやら犬のおもちゃやらの入った袋を提げた民夫が、店内から出て来た。

——これが、民夫がホームセンターの店内で買い物をしている間に起こったことだった。

真っ暗なトラックの荷台の中で、ハウは必死に吠え続けた。

「ハウッ！　ハウッ！」

だがそのかすれた声は誰にも届かない。ハウは揺れる荷台の中で、コンテナの壁《パネル》を引っ掻《か》いた。

運転手の小峰《こみね》はハンズフリー電話で荷主と電話で連絡をとっている。

「このまま荷下ろしなしでそちらへ直行しますんで」

荷下ろしなしで直行する……このトラックの目的地はどこなのか？　コンテナの暗闇の中で鳴き続けるハウには、知るよしもない。

小峰が例のホームセンターでリヤドアを開けていたのは、荷下ろしや積み込みのためではなかった。

昼間、小峰は最後の荷物を横浜南部で積み込み、国道を走っていた。左急カーブにさしかかった時、対向車線から一台の大型トラックが一瞬ではあるがセンターラインを大きくはみ出してこちらに向かってきた。居眠り運転だろうか。小峰はハンドルを切り、間一髪で接触を回避したが、コンテナの中の荷物はおそらく右側に寄ってしまったと思われた。コンテナの荷物がぎっちり満杯であればその心配はあまりないが、今日は残念なことに空きスペースが大分できていた。荷物が一方に偏《かたよ》ると車体のバランスは悪くなり運転もしにくく、燃費も悪くなる。小峰は、最寄りのホームセンターの駐車場の隅を借りて、コンテナの中の荷物のバランスを修正した。

その作業が終わった時、ホームセンターの名札をつけた正社員らしき男に、外から声がかかった。

「納品ですか？　だったら納入車用の駐車場にお願いしたいんですけど」

小峰はドキリとした。社員は、このトラックが納入車でないと分かっていて声をかけてきたのだ。声にははっきりと非難めいた響きがあった。

「すいません。すぐ出します」

と小峰は詫《わ》びながら荷台を出たが、社員の男は追い打ちをかけるように、

「困るんだよねぇ、あんたらドライバーさんにもモラルってもんがあるでしょ？」

と高飛車な態度で責めてきた。

小峰はムッとして、

「いや、買い物があったんだよ。作業用の手袋とかさ」

と吐き捨てて、店内へ向かった。

出来高制の長距離ドライバーは、荷台に荷物を一杯にして、その荷物を各所の荷主倉庫などで荷下ろしと積み込みを繰り返した方が稼げる。だが、今日は中途半端な量の荷物を積み、少ない時間で長距離を走らなければならない日で、当然イライラしていた。

小峰は頭に血が上っていたのでリヤドアを閉めるのも忘れて、店内に向かった。ご丁寧にホームセンターの社員が後ろからついてくる。

小峰は必要でもない作業用手袋を買い物かごに入れ、ついでにティッシュやソフトドリンクも買った。そして、わざわざ後ろをついてきたくだんの社員に向かって、

「客に『ありがとうございました』くらい言えよ」

と吐き捨て、表のトラックに戻った。むしゃくしゃした気持ちのまま、空いていたリヤドアを乱暴に閉め、すぐにトラックを出した。荷台の奥にまさか犬が入り込んでいるとは考えもしなかった。

ホームセンターを出て一時間後、トラックは東北自動車道を北上していた。

小峰は数時間ごとにサービスエリアで休憩をとったが、車内には常にラジオが流れている。仮にラジオを切ったとしても、運転席から荷台が独立した四トントラックの運転手がハウの発する声とも言えない微《かす》かな異音に気づくはずもなく、荷下ろしが無い限りトラックのリヤドアが開くことはなかった。

　トラックは北へ走り続けた。

　埼玉、栃木、さまざまな標識が小峰を迎えた。

『これよりみちのく』『東北道　中間点３４０㎞』

　東北自動車道を安代《あしろ》ジャンクションで降りた小峰のトラックは、さらに北へ向かった。

　その頃には、ハウは揺れるコンテナに三半規管《さんはんきかん》をすっかりやられ、吠えることもコンテナパネルを引っ掻《か》くこともなく、ぐったりと横になっていた。尿意は強くなるばかりだったが、我慢した。

　東北自動車道を降りて一時間、トラックはようやく、荷主倉庫に到着した。

　青森だった。

　コンテナの中で伏せていたハウは、車が停止しエンジン音が切れるとすぐに身体を起こした。運転席の方から人が荷台の後方にやってくる気配がした。そしてリヤドアのバーがギイと音を立てるのを耳にして、扉が開かれることを賢く察知した。

　小峰は横浜を出て十数時間ぶりに、荷台のリヤドアを開けた。

すると、荷台の中からいきなり大きな白い塊《かたまり》が飛び出してきた。

小峰は腰を抜かし、地面に尻餅《しりもち》をついた。

ハウは、あたりを走り回り、「ハウ！　ハウ！」と声にならない声で吠えた。そこは、あまりひと気のない倉庫街だった。

「お前……どっから乗ってきたんだ」

ハウは小峰に近づき、彼の顔を見上げてかすれた声で鳴き続けた。

そこへ、荷主の会社の人間がやってきた。小峰とは顔馴染《なじ》みの社員だが、態度は高飛車な中年の男である。

「おーい、何やってんだ？　何だその犬は」

小峰はまさか荷台に犬を乗せて来たとは言えない。

「えっ、いや、なんか……その辺うろついてた犬です。しっ、ほら、行け」

小峰は手を大きく振って、ハウを追い払おうとした。

ハウは動かない。

仕方なく小峰はハウを蹴ろうとする仕草をした。

ハウは、その場を離れた。この人間がまるきりの悪人でないことは直感で分かっていた。ただ、自分が傍《そば》にいることで彼が窮地《きゅうち》に陥るであろうことを察したのである。

「行けって！」

ハウは、その場から離れた。ドライバーの姿が見えなくなるところまで来ると、尿意が限界にきていたので、電柱に用を足し、倉庫街を抜けて、広い通りへ出ると立ち止まり、あたりを見回した。そして、あてどなく歩き始めた。

ハウが去った後、小峰は荷下ろしを始めながら、「多分あの時だ」と思った。立ち寄ったホームセンターの駐車場でコンテナの中の荷物の位置を調整し、それを咎《とが》めた店員にカッとなり店内へ客として入っていった際、リヤドアを閉め忘れた。あの時、犬が荷台に入り込んだのだろう。あのホームセンターに連絡をしてみようか、いや、犬はもうどこかへ行ってしまった。顔つきからみて野良犬ではないだろう。今自分が飼い主に連絡を取ったところで、どうにもならない。……忘れよう。可哀そうだが……忘れよう。忘れなくちゃ、こんなことでいちいち心を痛めていたら、こっちの心が参っちまう。少し休んだら、俺はまた東京へ向けて車を走らせなければならないんだ。

そして、小峰は犬《ハウ》のことを自分の記憶から葬り去った。

2

ハウはあてどなく歩き続けた。

こうして歩き続けていれば、そのうち、とうちゃんといつも歩いている道に出るかもしれない、と感じていた。しかし、歩いても歩いても、ハウの目の前に見知った風景は現れなかったし、馴染んだ町の匂いを感じることもなかった。

それどころか、この土地には、ハウがそれまでの人生では嗅いだことのない匂いがただよっていた。経験したことがないにもかかわらず、どこか懐かしい匂い。ハウはその香りに誘われ、国道を外れて東へ向かった。

やがてハウの目の前に、青い風景が現れた。匂いは、潮の香りだった。

ハウは、ひと足ごとに足が沈み込む砂浜を慎重に歩き、打ち寄せる波に向かった。足元を濡《ぬ》らす水に顔を近づけ、鼻先を濡らしたその水を舐《な》めた瞬間、これはダメだと感じた。海の水は塩辛く、とても飲めなかった。わずかな海水が渇き切ったハウの喉《のど》をさらに焼いた。

ハウは海岸線を歩き続けた。夏前で、しかも東北地方とはいえ、気温は二十度を超えており、長毛種の犬にとってはつらい暑さだった。口から舌から、よだれがだらだらと垂れた。

遠くに、やはりそれまでの人生で見たことのない形状の円筒形の建物が見えた。ハウはそれを目標に定めて歩いた。立ち止まれば、そこで力尽きる、と感じていた。

海と反対側の山並みに陽が落ちて、次第に海と空の境がなくなってゆき、風は冷たくなってきた。

ハウは、その灯台へやってきた。

夜だった。

灯台の脇に、海へ流れ込む細い川があった。ハウは川の水に鼻を近づけた、それは生活排水ではなく、塩水でもなかった。ハウは実に十何時間ぶりに、水を口にした。

歩き疲れたハウは、灯台の下で伏せた。

空には月が浮かんでいる。

疲労と、水分を補給できたことで、急激に眠気が襲ってきた。

ハウは目を閉じた。

その時、どこからか、とうちゃんの声が聞こえた気がした。

「ハウ、どこへ行ったんだハウ！」

そうだ、とうちゃんのもとへ帰らなければ。

ハウは身体を起こした。

とうちゃんの声に導かれ――あるいはそれは、動物の帰巣《きそう》本能のなせるわざかもしれないが――ハウは南へ向かって海沿いの道を歩き始めた。

ハウの、長い、長い旅のはじまりだった。

3

ハウは林の中で目覚めた。

昨夜、ハウはいったん海を離れ、海沿いの国道を慎重に渡り、その先にあった梨畑を進み、数軒の民家が並ぶ村を抜けてその先の林の中へと入った。なぜ林の中に入ったのかはハウ自身にも分からなかったが、そこからとうちゃんの声が聞こえてきたような気がしたのだ。

ハウは杉の巨木の根元にいた。見上げると、巨大な幹から生えた枝の中でひときわ太い一本がまるで巨人の腕のようで、「あちらへ向かえ」というようにまっすぐ横に伸びていた。ハウはその方向へ歩き出した。

しばらく進むと幅二十メートルほどの川へ出た。とうちゃんといつも遊んだあの川原とは違い、川沿いには自動車ほどの大きさの岩がごろごろと転がっていた。海と同様、ハウには初めて見る風景だった。

大きな岩から岩へと飛び移りながら川べりまで行って水を飲んだ。流れの中に魚が見えた。だがハウには川の魚を捕まえるという発想はなかった。

その時、川上から人間たちの声が聞こえてきた。しかも、大勢の人の声だ。ハウは声がする方へ向かった。

川原には二十人ほどのバーベキューをする人々がいた。キャンプ場だった。そこには、ペットの犬と一緒に訪れている人たちもいた。

焼きあがった大きなスペアリブを持て余していた七歳くらいの男の子が、ハウに気づいた。男の子はスペアリブを手に、ハウに近づいてきた。

「お座り！」

男の子が言うとハウはお座りをした。

「待て！」

と男の子は続けて言った。

ハウはそれまで味わったことのない空腹を感じていた。スペアリブの香ばしい匂いは、飢餓の極限にあるハウには気がおかしくなるほど魅惑的で、口元からよだれがだらだらとこぼれ落ちた。

「よし！」

男の子が、スペアリブをハウに差し出そうとした瞬間、彼の背後から母親が声をかけた。

「他所《よそ》んちのワンコに勝手にご飯あげちゃだめよ」

母親は、ハウがこのキャンプ場に来ているどこかの家族の飼っている犬だと思ったのだ。

「わかった」

男の子は、スペアリブを手にしたまま、ハウから離れて行った。

ハウはそこにじっと座ったまま、ただその宴《うたげ》をうらやましそうに見ているしかなかった。

やがて、人間たちは片づけを始め、キャンプ場を去って行った。バーベキューをしていた人間たちは馬鹿にマナーがよく、残飯の類《たぐい》を一切川原に残していかなかった。

ところが、である。人間たちは食べ物を残していかなかったが、ハウにスペアリブを与えようとした少年の一家が連れてきていた雌《めす》のトイプードルは、飼い主たちの目を盗んで、自分の身体ほどの大きさの肉の塊をこっそりブナの木の根元まで運び、人間たちの死角に隠していた。日ごろドッグフード以外のものを欲しがると叱られていたトイプードルは、あとでおやつにそれをこっそり食べようとでも思ったのかもしれない。いずれにせよ、彼女はその肉を食べる前にリードに繋《つな》がれ、車に乗せられて行ってしまった。

ハウは、素晴らしい香りを放つその肉を見つけ、むしゃぶりついた。骨までガリガリと食べつくした。そして川の水を飲んだ。二日ぶりの食事だった。

ハウは、キャンプをしていた人々が残した車の轍《わだち》に沿って、再び歩き出した。

第三章　虹の橋

1

生き物と共に暮らす全ての人と同様、民夫にとってハウの死はどうにも受け入れがたいものだった。

直接ハウが死ぬところ、その亡骸《なきがら》を見たわけではない。ましてや死骸の一部が残っていてDNA検査をしたわけでもない。ハウの遺体は他の犬猫たちと一緒に火葬に付され、処分されてしまったのだ。

恐らくハウは死んだのだろう。あのホームレスはハウの写真を見てはっきり「この犬だ」と断言したし、他のホームレスたちも「この犬だと思う」と言った。

自分は素直にハウの死を受け入れるべきなのだろう。これは現実なのだ。ハウは死んだのだ。そしてそれでも人生は続いていくしかないのだ。民夫は来る日も来る日も自分にそう言い聞かせていた。

民夫は掃除のコロコロ――粘着クリーナー――でカーペットに付いたハウの毛を集めては、ジップロックに保存していた。ソファ、玄関マット、廊下、階段、毎日コロコロコロを転がすたびに、ハウの遺毛はコロコロにくっついていた。この家の中に残ったハウの毛は一本たりとも失うまい、民夫は暇さえあればコロコロを転がした。

そして、この終わりのない不毛な遺毛集めの作業は民夫の日課となり、一層彼の心を弱らせたのだが、彼はこの作業をやめることができないでいた。

住民課の仕事は見事な単調さで民夫の長い人生の残り時間を確実に食い潰していた。民夫はその単調さの中に自分を置くことのみによってかろうじて精神の崩壊を免れていたのかもしれなかった。

鍋島は、もともと仕事にやる気をみせていたというわけではない部下の目が、日に日に五月人形ほどの生気も放たなくなっているのを見て、さすがに心穏やかではいられなかった。

ひょっとして、こいつは突然自らの命を絶つのではないだろうか？　しかも、もとはと言えば自分と妻が犬を飼うように勧めたばっかりにこんな事態になっているのだ。そうなったら一生寝覚めが悪いぞ。

鍋島は、民夫を心配する以上に、自分たち夫婦の人生に大きな影を落とすことになるかもしれない、そんな惨事を回避する為に何らかの行動をとらなければならない、と柄にもなく焦り始めていた。

昼休みの屋上で、ベンチに一人座りぼんやりと遠くを見つめている民夫の隣に、いつものガサツさとは微妙に異なる神妙な所作で鍋島が腰掛けた。

民夫は隣に鍋島が座ったことに気づいていたが、特に彼を見やるでもなく、「ハァ」と聞こえるか聞こえないかほどの小さな挨拶なのかため息なのか分からない声を発した。

鍋島はなぜか自分が責められてでもいるかのようにびくついた口調で言った。

「大丈夫?」

民夫は頷《うなず》きもせず、応えもしなかった。

その無反応にたじろぎつつ、鍋島は言った。

「うちのカミさんが心配してる」

ハウを失ったことで百パーセント人生に絶望しているはずの民夫だったが、麗子が、鍋島課長のあのクリクリした瞳の美人の奥さんが自分のことを心配しているということに、ほんの少し心を躍らせた。

「ほんとですか?」と勢い込んで訊《たず》ねそうになる自分を抑えつつ、「すみません」と民夫は微《かす》かに頷いてみせた。

「こんなところもあるそうだ」

鍋島は、自宅でパソコンからプリントアウトした一枚の紙を民夫に恐る恐る差し出した。そして、

「あのさ、怒らないでね。あくまでも、参考までに」

と付け足した。

民夫は、そのA4の紙を受け取って、見た。そこには、大きすぎないフォント——文字——で、こう書かれていた。

【ペットロスで辛《つら》い思いをされている皆様へ。カウンセリングセンター虹の橋】

2

『カウンセリングセンター虹の橋』は、横浜の伊勢佐木長者町《いせざきちょうじゃまち》駅にほど近い、アールデコ調を気取った築二十年ほどの小さなビルの三階にあった。

そこは完全予約制で、趣味のいいソファが置かれた狭い待合室には、薬指に指輪をした美人だが地味な雰囲気の、女性にも男性にも嫌われないタイプの二十代後半の受付嬢がいた。

予約時間より十五分ほど早く着いた民夫が受付を済ませると、受付嬢は静かに別室に消えた。おそらく、狭い待合室でクライアントと彼女だけになると気まずいから、という配慮もあるのだろう。

スマホをいじるでもマガジンラックに置かれた雑誌を手に取るでもなく民夫が待っていると、カウンセリングルームから顔を泣きはらした六十前後の上品な婦人が、夫と思われる男性に付き添われ、出てきた。すると、タイミングを見計らうように、くだんの受付嬢が別室から現れた。

夫婦が受付嬢に微笑を浮かべながら次回カウンセリングの予約を入れているのを見て、民夫は少し安堵《あんど》した。夫婦が次回の予約を入れたということは、それなりに良いカウンセリングが受けられるのかもしれないな。

そして予約時間ぴったりにカウンセリングルームの扉が開いた。

白衣を着たおそらく三十代半ばと思われる女性が顔を出し、「赤西さん、どうぞこちらへ」と民夫に微笑みかけてきた。

カウンセラーの和泉葉子《いずみようこ》だった。民夫はすでにホームページで彼女のプロフィールはチェック済みだった。国立大学出身の元獣医で、五年前にこのカウンセリングルームを開いたという彼女は、ホームページの写真よりも美人だった。といっても鍋島の妻の麗子ほどのキュートな美女ではないが、清潔感と聡明《そうめい》さが、どちらかというと平凡な顔立ちを美しく見せていた。

「なんでハウにマイクロチップを埋め込んでおかなかったのか、なんでもう少しハーネスをしっかりつけていなかったのか。悔やんでも悔やみきれません」

民夫の嘆きに、和泉先生はただひとこと、

「はい」

と頷いた。

和泉先生のその「はい」は絶妙なトーンで発せられ、彼女の目の端には、微《かす》かに同情的な表情が浮かんでいた。それがカウンセラーとしてのテクニックなのか、本当に同情しているのか、民夫には分からなかった。

どちらにしろ、和泉先生に求められているのは解答ではなく、クライアントが発する言葉を否定せずに、クライアントが望むであろう反応を返すことだった。彼女は民夫の嘆き節に対して、わざとらしさを微塵《みじん》も感じさせない見事さで相槌《あいづち》を打ってきた。

カウンセリングルームに入ってから一時間が経過していた。最初の十五分で大体の事情を一通り拙《つたな》い言葉で説明したのち、民夫はほとんど同じ後悔の言葉を繰り返していた。そして、和泉先生が言葉を発する前に自分で答えを出してしまうのだった。

「今更後悔しても仕方ないですよね、ほんとに」

民夫の繰り言は永遠のように反復された。

和泉はどう声をかけていいか分からない、というような逡巡《しゅんじゅん》を一瞬見せてから、まるでわがことのような口調で穏やかに言った。

「でも、やっぱりそういうふうに思ってしまいますよね」

民夫は、親戚の中で一番話の分かる叔母さんと話しているような心地よさに浸りながら、涙と共に言葉を振り絞った。

「そうなんです」

和泉先生は、次に自分が民夫にかけるべき言葉を探すふうでもなく、同情のため息をついた。そして、沈黙の間を長引かせるでもなく、

「辛《つら》いですよね」

と呟《つぶや》いた。

民夫はまるで自分の足元に伏せるハウを見つめるような目で床に目を落としたまま、やや唐突に言った。

「普通の犬じゃなかったんです」

和泉先生は、「そうでしょうとも」というような民夫の悲しみを一般化するようなそぶりは微塵も見せず、心から興味深げに民夫に訊《たず》ねた。

「どんなふうに？」

「ハウは本当にこの宇宙で唯一無二の犬だったんです」

和泉先生はその言葉に静かに感動したように言った。

「赤西さんにとって、ハウくんはとても大きな存在だったんですね」

「こんなこと言ったら人格疑われるかもしれないけど」

「何でも話してください」

「僕は割と早く両親を亡くしたんですけど、ハウを失ったことに比べたら親が死ぬなんて大したことないですよ」

「えっ」

和泉先生は若干戸惑った表情を見せたが、すぐに態勢を立て直した。

「それは、本当に大きな悲しみですね」

「婚約破棄された時も、今に比べりゃ大したことじゃなかったし」

民夫の口から発せられた『婚約破棄』というセリフの唐突さにも和泉先生は慌てなかった。彼女は落ち着いたトーンで言った。

「ああ、そういうこともおありだったんですね」

「いやそれはホント大したことじゃないです、はい。何であんな女と結婚しようと思ったのかな、ハウの方が全然人生のパートナーですよ、ホントに。話が逸《そ》れましたよね」

「あの、婚約破棄っていうのは？」

和泉先生が、あからさまにこの話題に乗ってきたことが民夫には意外だった。

「これ、カウンセリングに関係ありますか？」

「それは、分かりませんけど。下世話な興味で」

正直に言う和泉先生のことを、民夫は「意外に信用できる人だな」と感じていた。

「付き合って半年でプロポーズして、あんなに嬉《うれ》しそうにしてたくせに、僕の高校時代の後輩の吉住って奴とできちゃって。もともと彼女を僕に紹介したのは吉住なんですよ。将棋は弱いくせに女には手が早くて。将棋同好会だったんです僕ら」

「それって、結構ひどいですね」

和泉先生の率直な言葉は、この日一番ナイスなもので、民夫が和泉先生に心を許せる人間だと確信させるに十分だった。

「真里菜が、いや、その彼女が一戸建てがいいって言うからセンター北に家を買って。あと三十九年ローンが残ってるんです」

「わぁ、あ痛ぁ」

「ま、そんなことはどうでもいいんですけど」

「心が広すぎますね、赤西さんは」

これはさすがにお世辞だな、と民夫は思ったが、悪い気はしなかった。

「先生、ハウの魂はどこに行ったんですかね。虹の橋で僕を待ってるんですかね」

「きっと赤西さんのことを心配してると思いますよ」

民夫は再びワッと泣き出した。号泣している自分をもう一人の自分が部屋の隅で見ているような感覚がありながらも、民夫は自分の感情を抑えることができなかった。和泉先生が差し出してくれたティッシュの箱を辞退し、ズボンのポケットからハンカチーフをだして涙と鼻水をぬぐった。

そのタイミングで、和泉先生はチラと腕時計を見た。彼女はそれを民夫に気づかれないようにしたつもりだったが、民夫は和泉先生が時計に目をやったのをしっかり見ていた。

「すみません、もう時間過ぎてますよね」

「大丈夫ですよ」

と言いつつ和泉先生はいつのまにかスケジュール帳を取り出していた。

「もしまたお話聞かせていただけるなら、日時を決めておきましょうか。もちろん後でキャンセルもできます」

「死にたいです」

民夫の唐突な言葉にも、和泉先生は動揺しなかった。多分、聞きなれたセリフなのだろう。そして、民夫の心境をおもんぱかるように頷《うなず》いてみせた。

「そうですよね」

「すいませんすいませんすみません。ほんとごめんなさい。嘘《うそ》です。死ぬだなんて、言っちゃいけない言葉ですよね」

「大丈夫です。わたしも時々ひとりの時に言いますから。『ああ、死にてぇ』って」

「ほんとですか？　そうですよね。言いますよね、人間なら。……でも……初めての人がセンセイでよかったです」

「はい？」

和泉先生が今日初めて当惑した顔をした。

「いや、こういうカウンセリングとか、初めてなんで。その意味で『初めて』です」

「ああ、そうですか」

和泉先生は控えめな快活さで笑った。

「すいません、ほんとにもう帰りますんで」

民夫の腹がグーと鳴った。

「不思議だ。ハウが死んだのに腹が減る」

和泉先生は「はい」と頷いて、言った。

「今日は何か温かいものを召し上がるといいと思いますよ」

民夫は次のカウンセリング日を予約した。ハウを失った悲しみは大きいが、またこの和泉先生と会えるのが楽しみだった。そのことに少しだけ罪悪感があったが、とにかくここに来て良かった。

民夫は、このカウンセリングルームの存在を教えてくれた鍋島課長に初めて心からの感謝の気持ちを抱いた。

第四章　そこそこ丸

1

ハウは、ただひたすら、とうちゃんの呼び声が聞こえてくる方向へと鼻先を向け、歩みを進めていた。とうちゃんの声は、もしかしたらハウの心の中だけで聞こえているのかもしれなかったが、ハウの拠《よ》り所はもはやその呼び声しかなかった。結果的にハウはほぼ正しい方角に向かって進んでいた。言うまでもなく犬のハウには『帰巣《きそう》本能』という概念も知識もなかった。

ハウは道路沿いのコンビニやドライブインで人間たち（主に長距離トラックドライバーたち）から餌を貰《もら》うことを覚えていた。しかし、人間から与えられる食べ物はすべて塩分過多で、ひどく喉《のど》が渇いた。水までくれる人間は少なかったので、ハウはやむを得ず道のたまり水や農業用水路の水を飲んだ。

首輪もリードもつけていない大きな犬はたいがいの人間たちを怖気《おじけ》づかせた。最初は皆、飼い主が傍《そば》にいて、ハーネスやリードを外して走らせているのだろうと思う。だが、飼い主の不在に気づいた瞬間、この野良に嚙《か》まれるのではないか、と警戒した。よく見れば、身体は薄汚れているし、洗ってもらっていないから匂いもある。猫は野良でも体臭が無いし身体も小さいから怖れられることはないが、犬は違う。面白がって食べ物をくれる子供がいたり、犬好きの人間が頭を撫《な》でてくれたりするが、誰もそれ以上関わろうとはしない。ごくまれだが、小石をぶつけてくるような粗暴な少年たちもいた。しかし、長距離ドライバーの中には情のある人が多く、ハウが野良であると察すると余計に餌をくれる人が多かった。ハウもまた、そうした種類の人間たちを嗅ぎ分ける勘を備えつつあった。

とにかく自分はとうちゃんのところへ帰らなければ。とうちゃんに会いたい。ハウはそのためにも、本能的に危険な匂いのする人間たちと距離をとりながら、なるべく目立たないように、ひたすら歩いた。

ハウは、青森から岩手に入っていた。

2

漁港には、沢山の小型漁船が停泊していた。

水産会社の倉庫脇で、出水甲介《でみずこうすけ》は一人ポツンと地べたに胡坐《あぐら》をかいて、海を恨めしげに見ていた。

甲介は十六歳になったばかりだった。公立の商業高校に進学したが半年前に中退し、新米漁師として漁船に乗った。甲介が乗る船は『そこそこ丸』という慎ましやかで、且《か》つ、なかなかにインパクトのある名前の小型船で、漁は底引き網漁だった。底引き網とはその名の通り、海底に袋状の網を沈めて船を進め、その網を引き揚げるというごく一般的な漁法である。獲物は季節によって違いはあるが、カレイやヒラメ、アンコウ、キス、貝類などなど、さまざまだった。

そこそこ丸の乗組員は、もうすぐ還暦を迎える親方と甲介、そして二十歳になる先輩のヨシキの三人だった。

『そこそこ丸』という名前はこの親方が自ら付けた船名で、彼が三十歳の時に買った中古の船には大きく『大漁丸』という文字が勇ましく記されていたが、その凡庸《ぼんよう》でありきたりな名前が親方には今一つしっくりこなかった。親方は「人間何事にも欲をかきすぎるとかえって成功が遠ざかる」という彼自身の人生哲学に従って、『大漁丸』の文字を塗りつぶし、小さな文字で船名を書き直した。そして、この『そこそこ丸』という船のネーミングに失笑することなく逆に強く惹《ひ》かれた若者がヨシキであり、甲介であった。ヨシキや甲介からすると、その船名を見ればオーナーである親方のパーソナリティと人格はすでに保証されたようなものだった。

しかし……。

甲介は自分が思っていたよりもずっと、ほとんど絶望的に船に弱かった。漁のたびに船酔いが収まらず、毎日戻してばかりで、胃の中に吐くものがなくなってもオエッオエッとえずきながら網を引いた。当然、船上での動きが悪く、使い物にならない。

「おら甲介、しっかりしろ！」

ひたすら先輩のヨシキに怒鳴られる毎日だった。

それでも親方は、辛抱強く甲介を使い続けた。

「そのうち慣れっから。心配すんなー」

親方は、タイヤのエアバルブから空気が漏れるような甲高く威厳のない声で甲介を励ましてくれた。甲介は親方の優しさへの感謝の気持ちと、吐き気と、情けなさに日々船上で泣きたい思いだったし、実際ひとりになるとめそめそと泣いていた。

この時期の漁は昼前には終わるので、港へ帰る船の上で昼飯になる。だが船酔いが収まらない甲介は食欲がなく、普通サイズの倍くらいはある大きな弁当箱の中身をただじっと見つめるばかりだった。おかずはたいてい甲介の好物のから揚げに卵焼き、白米の上には梅干しがのり、黒ゴマが振ってあった。母親が作ってくれた弁当をそっくりそのまま残してしまうのは申し訳ない気持ちもあるし、いっそ中身を海へ捨てて、全部平らげたことにしてしまおうかとも思うが、それもできなかった。

港に着き、魚の入った籠《かご》をおろし、船体を洗う。だが、陸《おか》に上がっても体調は戻らない。吐き気は収まっても、身体に力が入らず頭がふらふらした。

船に乗って以来、こんな毎日がもう一か月も続いていた。最近では、船に乗る前から船酔いのような状態になってしまう。

甲介は、「漁師になるのに学歴はいらねえよ」と母親に啖呵《たんか》を切って高校を自主退学したものの、早くも自分の決断を後悔しはじめていた。せめて高校くらい卒業していれば、漁協の職員くらいにはなれたかもしれないのに、と。

甲介の父は漁師だった。漁師としての腕は一流で、よく稼いだが、豪快に金を使う男だった。人に奢《おご》るのが好きで、稼いだ金のほとんどはキャバクラや飲み屋、パチンコで使い、家には最低限の生活費を入れるだけだった。子供は甲介一人で、父は息子を猫可愛がりした。母親はいつも父の悪口ばかり言っていたが、甲介はこの父親が好きだった。仕事を終えて飲みに行くまでの時間、父はよくキャッチボールをしてくれた。父は、自分は甲子園に行けるくらいのピッチャーだったが肩を壊して諦《あきら》めた、とよく言っていた。その真偽を母に訊《き》くと、母は何も答えてくれなかった。

借金がかさんだ父は自分の船を売り、ここ数年は他人の船で使われる身となっていた。それでも父は野放図《のほうず》な生活を改める気はさらさらなく、相変わらず金遣いは荒かった。

その父が、半年前にくも膜下出血であっけなく死んだ。

甲介は病院で父の死に顔を見たが、火葬を終えて骨を拾っても実感がなかった。そして今でも、仕事を終えた父が魚をぶら提げて家に帰ってくるような気がしている。

家には貯金がなかったので、父の死後、家計は一気に苦しくなった。父は母が外で働くことを嫌っていたから、それまでずっと母は専業主婦だった。父の死後、漁協でパートを始めたが、時給はたかが知れている。母は仕事を掛け持ちしていた。甲介は、高校を辞めて、仕事に就《つ》くことを決めた。中卒でも実力だけでそれなりに稼げる仕事はそれほど多くはなかった。漁師を選ばない理由はなかった。甲介は自分で港に行き、父と仲の良かった今の親方に使ってくれと頼んだ。親方は「高校を卒業してからでもいいんじゃねえかな」と言ったが、甲介は口下手なりに粘り強く頼み、親方はようやく了承してくれた。それなのに、自分はいったい何をやっているんだ。ただ親方やヨシキさんの足手まといになっているだけじゃないか……。

そんなことを思いながら恨めしげに海を見ていると、先輩のヨシキがやってきた。

「甲介、あんま気にすんな」

「……ウッス」

甲介は小さく頷《うなず》いた。

さきほど、一緒に船を洗いながら「ちんたらやってんじゃねえぞこら！」と甲介を怒鳴りつけたヨシキだが、根は優しい人間で、船に慣れればそれなりに戦力になるだろうと、ひそかに甲介に期待を寄せていた。

「そのうち慣れっから。誰でも最初は酔うんだからよ」

「……」

「ま、おめえは凪《なぎ》の日も酔っちまうけどな」

言われた甲介の顔が予想外にこわばっているのを見てヨシキは慌てた。

「冗談だって。慣れる慣れる。吐いてもいいから飯はしっかり食っとけ。夜は早く寝ろよ。寝てねえと身体がきつくなっから」

ヨシキは二十歳の若者にしては妙に大人びたセリフを残して去っていった。二十歳といっても、すでに十八で結婚した同い年の妻もいて、二歳になる女の子の父親である。ヨシキが行ってしまい、また一人になった甲介は傍《かたわ》らに置いたリュックから弁当箱を出し、蓋《ふた》を開けた。

中身がそっくり残っている。

仕方ない。一口だけ食べて、あとは海に捨てよう。そう思って、弁当に箸《はし》をつけたその時、背後に視線を感じた。視線というより、何か、切実な息遣いと言った方が正しかったかもしれない。

振り返ると、五メートルほどの距離に、一匹の大型犬がお座りをしてこちらを見ていた。ハウだった。

甲介は、一瞬ギクリとしてあたりを見回した。犬に首輪はなく、飼い主と思《おぼ》しき人影もない。第一、犬の毛は見るからにゴワゴワして汚れている。汚れてはいるが、雰囲気は野良犬のそれとは違い、なんともいえぬ上品な佇《たたず》まいがあった。きちんと躾《しつけ》がされた感じの犬である。

「なんだおめえ」

「ハウッ」

ハウはかすれた声で小さく吠《ほ》え、尻尾《しっぽ》をパタンパタンと振って見せた。

甲介は箸を持った手でハウに手招きした。

ハウは、ゆっくりと近づき、甲介の傍らにお座りをした。

「おめえ、どこの犬だ？」

「ハウ」

「野良か」

「ハウ」

甲介は、その「ハウ」という鳴き声を聞いて、こいつは頭がよくて人慣れしている犬なのだな、と思った。何より、そのかすれた声が、気持ちが落ち込んでいる自分にとって妙に耳触りがよかった。

甲介は、弁当の中身の半分くらいをハウの足元に落とした。

ハウは、落とされた弁当の中身を見ていたが、食べない。

「腹減ってねえのか？　食っていいんだぞ」

ハウは黙って甲介を見上げた。

「食えよ」

甲介が優しく言うと、ハウは食べた。三口くらいで平らげたのを見て、甲介は中身を全部、地面に落とした。

ハウは、それをパクパクときれいに食べた。

甲介は片手の手のひらを椀《わん》のかたちにして、そこへ水筒の水を落とした。

「飲め」

ハウはペチャペチャと音を立てて勢いよく飲んだ。甲介は結局、水筒の水を全部ハウに飲ませた。

甲介はハウの頭を撫《な》で、その両頬を両手で包み込んで揉《も》みしだいた。

「明日もやるからな。また来いよ」

「ハウッ」

「しっかし、おめえ、臭《くせ》えなぁ」

甲介は笑い、空《から》になった弁当箱と水筒をリュックに入れて帰って行った。

甲介が去り、その場に残されたハウは、風の匂いを嗅ぎ、とうちゃんの声が聞こえてくるのを待った。

ハウは、どこへ向かって歩を進めたらいいのか分からなかった。いつもなら、耳を澄ませば自分を呼ぶとうちゃんの声が聞こえて来た。その方向に向かって自分は歩けばよかったのだ。だが、今は聞こえない。ハウは犬である。だから、このままとうちゃんの声は永遠に消えてしまうのだろうかと不安になることはなかった。ただ、ひどく疲れていたし、空腹がいくらか満たされたことで眠気も襲ってきた。動物の本能で、今は身体を休める時だと分かっていたハウは、倉庫の裏手の人目につかない場所で横になり、目を閉じた。

3

港から歩いて十分ほどの場所にある県営アパートに帰ると、甲介は風呂に入り、自室で横になった。母はまだパートから帰っていなかった。甲介はそのまま眠りについた。

優しかった父親の夢を見た。

翌日も甲介は漁に出た。

船酔いのムカつきはあったが、いつもより少しマシになっている気がした。

網は機械で引くのだが最後は人の手が必要になる。今日は、網を引く手にも、魚の籠《かご》を積む腕にもいつもより力が入る気がした。先輩のヨシキに怒鳴られることもなかった。

漁を終えた帰りの船で、親方たちと弁当を開いた。いつもなら、また吐いてしまうのではないかとまったく箸が進まないのだが、今日は思いきって食べてみた。今日は豚の生姜《しょうが》焼きと白飯だったが、ちゃんと腹に納まりそうだった。半分ほど食べたところで、ふと思うところがあって、弁当に蓋をした。食べきれなかったわけではないが、もしかしたらあの犬にまた会うかもしれない、と思ったのである。

漁を終えたそこそこ丸が港に帰って来た。

いつもは港に着くとヨシキがすぐ船を飛び降り、ロープをピットに繋《つな》いで船を固定する。だが、今日は誰に言われるでもなく、甲介が自分からまず船を飛び降り、ロープをピットに繋いだ。そして、すばやい身のこなしで再び船の上に戻り、親方やヨシキに倣《なら》いながら、獲《と》れた魚を仕分けしていった。

「これがアジ、ヒラメ、マス。籠を間違えんなよ」

「ウッス」

返事をする声にもいつもより力があった。

「声が小せえなぁ！」

ヨシキが怒鳴ったが、その怒鳴り声には、いつもより優しさがこもっている気がした。

「ウッス！」

甲介は萎縮《いしゅく》せず、大きな声で返事をした。

魚を漁協に運び込んだ後、すべての仕事の仕上げに甲介は船を洗った。ヨシキが手伝ってくれた。


甲介が、いつもの水産会社の倉庫脇に来ると、昨日の犬はやはりそこにいた。ちょこんと座って自分を待っているように見えた。

「なあんだおめえ、やっぱりいたのか。分かってるよ。腹空かしてんだろ」

甲介は弁当の残りをハウに与えた。

甲介は仰向けに寝そべり空を見た。青空にぽっかりと浮かんだ雲がゆっくりと北に向かって動いていた。

ハウもその場に伏せた。

甲介はハウの首元を片手で撫でながらつぶやいた。

「死にてぇ」

もちろん、本気で死にたいわけではない。だが、甲介は辛いとき、ひとりになると時々この言葉を口にした。今日の自分は昨日の自分よりずっとましだった。船の上でも吐かなかったし、動きも今までよりはましだった。それでも、この先自分は一人前の漁師になれるのか、不安は尽きなかった。

ハウは食べるのをやめ、「クゥゥ」と鼻の奥から切なそうな声で小さく鳴いて、甲介の耳を舐《な》めた。

「なんだおめえ、俺の考えてることぜーんぶ分かってんのか？」

「ハウ」

「ほら、全部食っていいぞ。弁当残して帰ったらかあちゃんが切ながるから、おめえが食ってくれたら助かるんだ」

ハウは弁当の残りをきれいに食べ終わると、また甲介の耳を舐めた。

ハウの鼻息が耳にかかってくすぐったかった。

「よせって」

甲介は笑いながらハウの顔を押しのけた。

ハウは、甲介から離れて行った。甲介ははっと身体を起こした。

「？」

甲介は、自分に拒否されたと感じた犬が離れて行ったのかと思って焦った。

だがそれは違った。

ハウは、どこからか野球のボールを銜《くわ》えて戻って来た。そしてそれを甲介の膝の上に落とした。

甲介がいつも父とキャッチボールに使った軟式ボールと同じ種類のものだった。もしかしたら、このボールはいつも自分と父が使っていたあのボールだろうか。記憶をたどってみたが、この港でキャッチボールをした記憶はないし、ボールを失《な》くした記憶もなかった。

「ん？」

甲介はそのボールを海と反対方向へ投げた。

案の定、ハウは矢のように走り、それを拾ってきて甲介の足元に落とした。

甲介は少し考えてから、より遠くにボールを投げた。

ハウはボールを追って走り、銜えて戻ってきた。

この犬は利口な犬だ。だから、このボールをどこかで見つけて、俺と遊ぶために倉庫脇に置いておいたのかもしれないな。

しばらく遊んだ後、甲介は「またな」と言って家に帰った。

家に着いてから甲介は押入れの段ボールにしまってあったグローブを見た。自分のグローブと父のグローブがあったが、軟式ボールは見当たらなかった。

4

甲介は船に酔わなくなった。

自分でも不思議なほど劇的に酔わなくなった。親方やヨシキに「慣れるさ」と言われてはいたが、これほど急に船に強くなるものだろうか。

甲介は、もしかしたら、死んだ父親があの犬の姿を借りて自分を元気づけにきてくれているのかもしれない、そう思った。思えば不思議な犬だった。腹を減らしているだろうに、がつがつしたところもない。人の言葉が分かっているような目で、いつも控えめに俺を励ましてくれる。鳴き声も普通じゃない。ワンワンと吠えることはなく、ハウッとかすれた声で鳴く。まるで何かを俺に語りかけるみたいに。

その日も、漁を終えた帰りの船では、甲介の食欲は旺盛で、弁当の中身をハウのために残す余裕もなく、大きな弁当箱の中身をすべて平らげた。

船を洗い終わっていつもの場所に行くと、犬はいつもと同じ場所にいた。

やっぱり、ただの野良だな。俺が餌をくれるからここにいるんだ。甲介は、一瞬でも父が犬の姿を借りて現れたのではないかと考えた自分が恥ずかしくなった。

甲介は、ハウの頭を撫で、その場に腰を下ろした。

「悪ぃな。もう弁当は余らねえよ」

「ハウ」

ハウは笑っているような顔で、いつものかすれた声で鳴き、その場に伏せた。

甲介は、ハウの頭を両手でつかみ、撫でまわした。

「おめえに会ってから、船酔いしなくなったんだ。なんでかなぁ」

ハウは尻尾《しっぽ》をパタパタと振った。

「腹へってねえか」

「ハウ」

ハウは、体を起こし、甲介の顔を舐めた。

「よせって」

甲介は笑いながら、だが一瞬、ハウの瞳の奥の奥を見つめるようにして言った。

「なあ、おめえ、どっから来たんだ？」

ハウは、風の匂いを嗅ぐように鼻先を空に向けて、鼻孔をヒクヒクさせた。その時のハウは、甲介ではない違う誰かを探すような目をしていた。


翌日も、仕事を終えた甲介はハウとボールを使って遊んだ。弁当はもう残らないので、ハウにやる餌はなかったが、ハウはいつも甲介を待っているようだった。甲介は、この犬は人懐っこいから港の誰かから餌を貰っているのだろう、と思っていた。

そんな甲介とハウの様子を、一人の男が苦々しげに見ていた。

男は木島《きじま》と言う三十前の独身男で、この港にいくつかある水産会社の一つに勤めていた。木島は水産会社のジャンパーの胸ポケットから煙草《タバコ》を出して一服していた。

甲介は木島と目が合うと、一応、という感じでぺこりと頭を下げた。

「そいつ、おめえの犬か？」

ぶっきらぼうに木島が訊《き》いた。

「あ……いえ」

甲介は目を伏せた。

ハウは、木島に近づいて行った。

木島はのけぞり、叫んだ。

「ばか、来るな！」

「すいません」

甲介は慌てて木島に謝り、ハウに言った。

「おいワンコ、ダメだ。こっちこい」

ハウは、甲介のもとへ戻ってきた。

まるでクマにでも出会ったように狼狽《ろうばい》した木島は、ばつが悪そうに吐き捨てた。

「今どき野良か。おっかねえな」

「いえ、こいつは……」

利口な犬だから大丈夫ですよ、甲介はそう言いかけてやめた。犬嫌いな人間に何を言ったところで無駄だろうし、年少の自分が水産会社の人間に口答えをしたと思われたら事は自分だけの問題では収まらないだろう。

木島は、黙って突っ立っている甲介に冷たい視線を向けたまま、

「昔嚙《か》まれたことがあっからよ」

「こいつは嚙まないです、利口だから」

やはり、そのセリフがつい、口をついて出てしまった。

「ああ?　畜生はしょせん畜生だからな」

木島はプイと行ってしまった。

木島がその場を去ってくれたのはよかったが、彼が言った「畜生」といういまどきあまり使われない言葉が、今では自分の相棒くらいに思い始めているこの犬を究極に蔑《さげす》む言葉のような気がして、甲介は無性に腹が立った。だが、甲介は木島に対して歯向かうわけでも何ができるわけでもなかった。

「ごめんな」

甲介は、人間を代表するかのように、ハウに詫《わ》びた。

ハウはいつものように笑ったような顔で、「ハウ」とかすれた声で鳴き、尻尾を振った。

5

翌日。

漁を終えて港に帰ったそこそこ丸の船上で魚を籠に仕分けしている甲介に親方が言った。

「甲介、おめえ、野良犬に餌やってんのか」

甲介の手が一瞬止まった。

「仕事の手、休めんな」

ヨシキが言った。

甲介は手の中で躍るカレイを慣れた手つきで籠に放り込み、親方に言った。

「最近はもう、やってないです」

「漁協の人たちから苦情が来てんだ。港に居ついた犬が残飯を漁《あさ》って困るって」

甲介はドキリとした。きっと誰かが食い物をやっているのだろう、そう思っていたが、ワンコはやはり残飯を漁っていたのか。もしかしたらそうなのかもしれないと、心のどこかで思ってはいた。あのワンコはそういうことはしないだろうという気がしていた。所詮野良犬だったんだな。いや、そうじゃない、そうして生き延びてるんだからむしろ立派なもんじゃないか。

親方が甲介に噛んで含めるように言った。

「おめえもせっかく仕事に慣れてきたんだから、港の人たちにも可愛がってもらわねえとな。分かるな？」

「……ウッス」

甲介はペコリと頭を下げた。

仕事を終えた甲介が倉庫脇に行くと、いつものようにハウがいて甲介を迎えた。

甲介はハウの横に腰を下ろし、ハウの頭を撫でた。

「俺な、船に慣れたよ。もう全然酔わなくなった。俺、漁師になれるかもな」

甲介は亡き父に報告するように言った。

その様子を、休憩時間に煙草を吸いに出てきた木島と同僚の田中《たなか》が見ていた。

苦々しげな顔をしている木島に同僚の田中が言った。

「何だあの犬は？」

「『そこそこ丸』さんとこの若い衆が餌をやるもんだから、港に住みついちまってるんだ」

「保健所に連絡したほうがいいんじゃねえか。善は急げだ」

言いながら田中はスマホを出した。

甲介は木島たちがそんな会話を交わしているとも知らず、それから三十分ほどボールでたっぷりハウと遊び、そして言った。

「俺、もうお前と遊んでやれねえんだ」

ハウはお座りをして、小首をかしげるような仕草をした。

甲介はハウを抱きしめた。そして立ち上がり、自分が持っていた軟式ボールをどうしたものかと一瞬思案したのち、それをズボンのポケットに押し込んだ。もうこのワンコには餌をやらない。遊んでやることもしない。港で会っても無視するしかない。果たして自分にそんな非情なことができるかどうかは分からないが、そうするしかないのだ。

甲介は思いを吹っ切るようにハウに背を向け、歩き出した。

ハウはただ、その背中を見送っていた。

その時、一台のワゴン車がやってきて、ハウがいる倉庫脇から数十メートルと離れていない水産会社の事務所脇に止まった。

車からグレーの作業服を着た中年の男が二人降りてきた。一人は大柄で一人は小柄だった。

水産会社の事務所から木島と田中が出てきて彼らを迎えた。

ワゴン車から降りて来た男たちは、動物保護センターの職員だった。

小柄な職員が木島たちに言った。

「犬はどこですか」

職員たちはハウの姿に気づいていたはずだが、あえてそう質問してきた様子だった。

「ほれ、あそこ」

木島がハウを指さした。

田中がハウに向かって言った。

「おーい、ワンコ、メシだぞぉ。ほら、こっちおいで」

ハウは、木島たちが自分に声をかけてきたことは分かったが、彼らの方には近づかなかった。ハウは木島たちが自分を嫌っていることを知っていた。

小柄な職員が言った。

「利口な犬ですね。顔つきを見れば分かります」

田中が職員たちに訊《たず》ねた。

「犬が捕まらなかったら、どうします」

二人の職員はチラと顔を見合わせ、小柄な職員が木島たちに言った。

「どうしても捕獲してほしいということでしたら、麻酔銃を使うことになりますけど」

職員たちは明らかに捕獲に乗り気ではなかった。

木島が職員たちにプレッシャーをかけるように言った。

「麻酔銃でもなんでも使って捕獲しないと、あんなでっけえ犬、野放しにしとくわけいかないでしょ。誰かが噛まれたあとじゃ遅いから」

するると、大柄な職員が、ちょっと皮肉のこもった口ぶりで言った。

「まあ、麻酔銃もうまく撃たないとね、たまに人間に当たっちゃうこともあるし」

木島の顔が凍り付いた。

小柄な職員が、大柄な職員と同じように木島に冷めた視線を向けながら言った。

「いや、冗談ですけどね」

そこへ、甲介が戻ってきた。自分と入れ違いに現れた見知らぬワゴン車が気になり、しばらく行った先からこちらの様子を窺《うかが》っていたのだ。木島たち四人の大人がハウを見ながら何事か話しているることに困惑しつつ、甲介はハウに近づいた。

職員たちのすぐそばに止められたワゴン車の窓越しに、車内後部に載せられた大きなケージが見え、甲介は蒼《あお》ざめた。

ハウは甲介の足にまとわりつくように身体を擦《こす》り付け、傍《かたわ》らに行儀よくお座りをした。

甲介は木島たちでなく、くだんのワゴン車に乗ってきたらしい二人の見かけない大人に言った。

「あの、こいつが、なんかしましたか？」

訊かれた職員たちは黙って木島たちを見た。

木島と田中は一瞬気まずげに視線を逸《そ》らしたが、木島は改めて冷めた目で甲介を見据えて言った。

「なんかしでかしたあとじゃ遅いから、役所の人に来てもらったんだろ」

保護センターの職員たちは、木島たちと甲介の様子を見ただけで何となく事情を察した様子だった。この若い漁師が野良をかわいがっていたが、それを迷惑がった犬嫌いの人間が通報してきたのだな、と。

小柄な職員が甲介に言った。

「あなたの犬ですか」

甲介は職員の問いかけに一瞬目を泳がせたのち、顔を伏せ、横目でハウを見やった。ハウは舌を出して息をしながらいつものように笑ったような顔でこちらを見ていた。甲介は職員の問いかけに「はい」とも「いいえ」とも答えられなかった。甲介は、思わず後ろめたさにハウから目を逸らした。

木島が嵩《かさ》にかかったような口調で言った。

「餌をやるんなら、責任持たねえとなぁ」

甲介は黙ったままだった。

大柄な職員が甲介に優しく言った。

「もし、あなたが引き取って飼育してくださるんなら、それに越したことはないんですが」

「……うち、県営アパートなんで」

甲介は片膝をつき、ハウの身体に腕を回した。ハウは甲介の顔を舐めた。

「こいつが、もし保護されたら……あの……」

木島が淡々とした口調で言った。

「まあ、安楽死だな。野良で腹空かしてるよりいいんじゃねえか」

甲介はぽっかり口を開けて、職員たちに訴えるように首を左右に何度も振った。

小柄な職員が、木島に向かって言った。

「安楽死ではないです」

甲介が、一瞬安堵《あんど》の表情を見せると、大柄な職員がハウを見ながら、口にしたくない言葉を口にした。

「残念ながら、予算的な問題があって、安楽死ではないです。一酸化炭素で窒息死させます」

「窒息……」

甲介は安楽死と窒息死の明確な違いが判らない。

「あの……苦しいんですか」

大柄な職員は、黙って頷《うなず》いた。

木島は煙草を取り出して火をつけ、この会話から逃げるように何もない海原へと目を逸らした。

それまで甲介は気づかなかったが、大柄な職員は両手を後ろに組んで立っているように見えて実は、その手には用意した首輪とリードが握られていた。

小柄な職員が甲介に言った。

「その犬、あなたに懐いてるみたいだから、逃げないようにそのまま優しく抱きしめておいてください。それと、私たちにやさしく笑いかけてください。わたしたちが、あなたの仲間だと犬に思わせるんです」

職員たちは、ゆっくりと甲介とハウに近づいてくる。

大柄な職員が言った。

「わるいけど、首輪をかけさせてもらいます」

「ちょ、ちょっと待ってください」

甲介は混乱した表情で立ち上がり、ハウを守るように職員たちに立ちはだかった。

職員たちは、異様なほどゆっくりと甲介とハウに近づいてくる。

やがて、甲介は、職員たちがなぜこんなにゆっくりと近づいてくるのか、そのわけを理解した。ハウを怯《おび》えさせないためにゆっくりと歩いているわけではなかった。三メートルほどの距離に近づいた彼らの顔を見たときに甲介は分かったのだ。彼らは甲介に

「犬を逃がせ」と目で訴えていたのだ。

「逃げろ！」

甲介は、突き飛ばすようにハウの身体を両手で押した。

ハウは、小首をかしげ、だが、甲介から少し離れた位置で行儀よくお座りをした。

甲介はものすごい剣幕で腕を振り回し、蹴るようなそぶりを見せながら叫んだ。

「行けって！　おら！」

ハウは、甲介を見ている。

甲介は、泣きながら言った。

「頼む、逃げてくれ」

甲介はなおも、殴るぞ、蹴るぞというゼスチャーをしてハウを遠ざけようとした。

「何やってんだ、とっとと連れてけよ！」

木島が苛《いら》つきながら職員たちに怒鳴った。

ハウは、ついこの間にもこんなことがあったことを思い出していた。なぜ人間たちは怒ったふりをして、自分を蹴る仕草までして自分を追い払おうとするのだろう。相手が悪い人ならまだ分かる。だが、彼らは決して悪い人ではない。甲介に至ってはとても優しく、良い人なのに。

甲介が再度、「行かないとひどい目にあわすぞ」という威嚇《いかく》のポーズをとったその時、ハウは海と反対側へ走りだした。甲介に威嚇されたからではなく、「逃げてくれ」というその気持ちを感覚で理解したのだった。ハウを青森まで運んできてしまった運転手がハウを蹴ろうとする仕草をしたあの時と、同じだった。

ハウは五十メートルほど行ったところでいったん止まり、甲介を振り返った。

「もう、戻ってきたらダメだぞ！」

甲介はそう叫んだ。

するとハウは、まるでオオカミが遠吠えするように鼻先を空に向け、「ハウ、ハウ」と声にならない声で鳴いた。そして、甲介にいつもの笑ったような顔を見せると、ゆっくりとした足取りで遠くへ消えて行った。もうこちらを振り返ることはなかった。

甲介は、そのハウの姿に言い知れぬ気高さを感じて、全身に鳥肌が立った。自分がそれまでこの犬に対してほんの少しでも憐《あわれ》みを抱いていたことを恥じた。あいつは犬っころなんかじゃない。心があるんだ。もしかしたら人間なんかよりはるかにデリカシーを持った気高い生き物なんだ。

甲介は力いっぱいに叫んだ。

「ワンコぉ！　俺、頑張るからよ！　元気でなぁ！」

ハウは港を背にして、歩を進めた。すると、どこからか、またあのとうちゃんの懐かしい声が聞こえてきた。

「ハウ」

ハウは、その声のする南の地平へ向かって国道を走った。

第五章　僕の悲しみは僕のもの

1
「昨日ハウの夢を見ました」

　土曜日の午後。

　民夫は、週一回の和泉先生のカウンセリングを受けに来ていた。

　和泉先生が興味深げに訊《たず》ねる。

「どんな夢ですか」

　民夫は、こんな他愛のない話をしていいものかと、少し恥ずかしそうに話し始めた。

「寝ている僕のわきの下の臭いをクンクン嗅いでました。『くすぐったいからやめてくれよハウ』みたいな。とても、幸せでした」

「そうですか」

　和泉先生が微笑《ほほえ》んだ。

　だが、次の瞬間、民夫は顔を歪《ゆが》めてうつむいた。

「でも、目が覚めてからが本当に最悪で……ハウはもういないんだと思うと、また死にたくなりました」

　このカウンセリングを受け始めてから、民夫は「死にたい」という言葉を少なくとも百回以上は繰り返していた。思い切り重いトーンでの「死にたいです」もあれば、ほとんど会話に挟む口癖のような「死にたいです」もあった。その繰り返される「死にたい」を、和泉先生はうんざりするそぶりも見せず、常に柔らかく落ち着いた表情で受け止めていた。そして、民夫の〝死にたい気持ち〟を決して否定することはなかった。

ただ、今日の和泉先生はただ受け止めるだけでなく、ベストのタイミングを見計らうように、ある提案をしてきた。

「赤西さん、大切な存在を失った時、十分に悲しむことは大事なことです」

和泉先生が言い終わらないうちに、すでに民夫は号泣していた。

民夫が和泉先生から差し出されたティッシュのボックスからティッシュを三枚引き抜いて鼻をかみ、フーッと息をついたとき、和泉先生が言った。

「その悲しみは悲しみとして、でも同時に、これからご自分がどう人生を生きてゆくかを考えてみませんか」

「どう生きてゆく、って？」

民夫は、ハウがいないのに、どうするもこうするもない、と言わんばかりの視線を和泉先生に向けた。

「月並みな言葉ですが、ハウくんの死を受け入れて前を向く、というか……。たとえば、ハウくんへの手紙を書いてみるのはどうでしょう。ハウくんの写真をたくさん撮ってあるなら、スマホやパソコンの中のアルバムを整理してみるとか……そういうことが心の癒しになる人もいます」

「そんなことをしはじめたら、逆にどうかなってしまいそうです」

「……困りましたねぇ」

和泉先生は気分を害したふうもなく、腕組みし、右の人差し指を自分の顎《あご》に当てて思案顔をした。

「わたしも、何かもっと、お力になれるといいんですけど」

民夫は慌てた。

「いえ、話を聞いてもらうだけでも十分助けていただいてます。……僕、なんかいつも、おんなじことばかり言ってますね」

と民夫は苦笑した。

「いくらでもお伺《うかが》いしますよ」

和泉先生の声音《こわね》には、彼女が本当に民夫の話を聞きたくて聞きたくて仕方がないのではないか、と思わせるに十分な包容力があった。そして、実際、和泉葉子はペットを失った者の嘆きに耳を傾けることに、単なる商売でなく熱意を持った人間だった。獣医として動物病院に勤務していた頃、愛するペットを亡くした人々がその後どうやって心の虚《むな》しさと悲しみに対処しているのか、彼女には興味があった。しかし、獣医の立場では飼い主たちのペットとの別れの場面以後の彼らの思いに立ち入ることはできなかったし、仮にクライアントである飼い主が新しいペットと暮らし始め、その動物の診察を受け持つことになったとしても、以前亡くなったペットの話をあえて医師の立場から話題にすることは憚《はばか》られた。だから、彼女は獣医をいったん辞めて、カウンセラーになった。和泉葉子は、ペットロスカウンセラーを天職と考えていたし、時にはひどく精神的に消耗することはあっても、クライアントの悲しみの声に耳を傾けることを面倒だ、厭《いと》わしいと思ったことはなかった。

その和泉先生の誠実さは、鈍感な民夫にも十分に伝わっていた。

そういう意味でも、民夫は和泉先生に心から感謝していた。しかし……和泉先生に話を聞いてもらうことで自分はずいぶん救われていることは確かだが、ペットロスに陥った自分の精神状態が好転しているかどうかはかなり怪しいかな、とも感じていた。

2

その夜の民夫はいつもと変わらぬ一人の孤独な時間を過ごしていた。

ダイニングテーブルの上には食べかけのコンビニ弁当が置かれていた。おかずもご飯もほとんど残っているが、梅干しだけは種を残してきれいにしゃぶられていた。

テーブルには、ハウと自分の自撮り写真がフレームに入って置かれていた。民夫はその写真を前にいつも食事していた。民夫のハウロスは、依然として重症だった。最近はテレビもあまり見ないし将棋もしなくなった。４ＬＤＫの小さな庭付きの一軒家であるが、民夫の生活は、ほとんどこのダイニングのみで事足りていた。

夜食後、その同じダイニングテーブルの上で、民夫はモバイルノートパソコンを開いて、『ペットロス』を検索していた。

無数のサイトがヒットする中で、「ペットを失った悲しみを語りあいませんか？」の文字が民夫の目を引いた。サイトのホームページを開くと、そこには、ペットロスに苦しんだ人の体験談がつづられていた。そして、月に一度、同じ辛《つら》い体験をしている者同士が会って、語り合う場も設けられている、とあった。

3

ペットロスに悩む人たちの集いは、区民センターの二階の一室を借りて、同じペットロスを体験したボランティアの人々が中心となって開かれていた。

民夫は、すでに主催者には電話で問い合わせており、参加者のプライバシーは互いに絶対守ること、そこで話される内容は他言しないこと、参加者がどんな話をしても非難してはいけないこと、などのルールがあり、この会はネットワークビジネスや宗教とは一切関係がないことを確認していた。参加者は住所も連絡先も伝える必要はなく、ただ名前だけを登録して、区民センターの部屋のレンタル代として千円だけ支払えばよかった。

その区民センターの一階ホールに足を踏み入れたものの、民夫はこの集まりに参加してよいものか、未だに迷っていた。もし、見知らぬ人のエゴイスティックな話を聞いて不快になったら、もしむしろペットロスがもっとひどくなったら、もし感情的になった自分が参加者や主催者の前で見苦しいふるまいをしてしまったら……。いや、どっちにしろ、自分に合わないと思ったら席を立てばいいだけのことだ。民夫は重い足取りで二階への階段を上った。すると、背後から二十代後半のセンスのいい服を着た飛び切りの美女がやってきて民夫を追い越し、トントンと階段を上っていった。良い匂いが民夫の鼻腔《びこう》をくすぐった。膝丈の黒いスカートから覗《のぞ》いた足はオードリー・ヘプバーンのようにきれいだった。民夫は俄然《がぜん》、会に参加するモチベーションが上がった。しかし、美女は二階に上がると、『趣味の切り絵教室』というネームプレートが出された部屋に吸い込まれて行ってしまった。民夫は自嘲的に苦笑し、自分の目的の部屋を探した。すると、廊下の突き当たりに、七十歳前後と思える白髪の紳士が民夫のほうを見て微笑んでいた。彼が会の主催者の溝口《みぞぐち》さんだった。

会場の会議室は二十畳ほどの広さの部屋で、十人ほどのペットロスに悩む人たちが、輪になってパイプ椅子に座っていた。その中に民夫もいた。

主催者で司会役の溝口さんは、サイトのプロフィールによれば、厚生労働省を退官後、私立大学で教鞭《きょうべん》をとり、そこも退職して現在七十二歳。連れ合いはもう三十年前に亡くなり、二人の子供もすでに家庭を持っていて、ここ二十年近く一人暮らし。五年前に愛犬のチワワが十三歳で亡くなり、悲しみに暮れた日々を過ごしていたが、自分と同じような人たちとつながりを持ち、励まし合えたら、と、この会を立ち上げたということだった。

今日の出席者はほとんどが初めてこの会に参加した人たちで、民夫をはじめ最初に自分の名前を言って「よろしくお願いします」だけの簡単な挨拶をし、そして順番に自分がどんなふうにペットと暮らし、ペットが亡くなった後、どんなふうな日々を送っているのか、その辛《つら》さ、虚無感などを語っていった。

ある六十代の夫人はハンカチで涙をぬぐいながら、まずは元気だった夫が急に心筋梗《こう》塞《そく》で亡くなってしまった話から始めて、ペットを飼うようになったいきさつを語った。

「主人が死んで嘆き悲しむ私に友人がプレゼントしてくれたのがチャッピーだったんです。あ、チャッピーはパピヨンって種類のワンコなんですけど。猫よりも小さくて、人間よりも利口な子で、私が病気をするととても心配してくれてね。チャッピーは私のすべてでした」

皆、フムフムと頷《うなず》き、目頭を押さえる者もいた。民夫は貰《もら》い泣きするというほどでもないが、神妙に話を聞いていた。

また民夫の隣にいた四十歳くらいの女性は、司会の溝口さんに促されると、何から話していいか分からないといった表情を浮かべた後、唐突に叫んだ。

「ケンちゃんはわたしの子供であり夫でもありました！」

皆、そうでしょうとも、分かります分かります、というように頷いて見せた。

「ケンちゃんは気分がいいときなんかは、首がビューンって十センチくらい伸びて。それがたまらなく愛《いと》しくて」

インパクトのある第一声に続いて出た婦人の言葉に、ほかの人たちは明らかに当惑した表情を見せ、戸惑いがちに他の参加者と視線を交わした。

「あ、ケンちゃんはミドリガメなんです。買った時は手のひらに乗るくらいだったのが、体長三十センチくらいになって、あと五十年くらい生きると思ってたのに」

そうか、なるほどケンちゃんは亀だったのか、と参加者たちは納得したものの、この時点で誰もが若干〝引き〟始めていた。

そして民夫に至っては、あからさまに冷笑気味の顔をしていた。

皆のリアクションにいたく傷ついたのか、婦人はアルマジロが身体を丸めるように口をつぐんでしまった。

ただひとり婦人の話を真剣にふむふむと聞いていた溝口が、その場の空気を読みながら穏やかに言った。

「では、亀田《かめだ》さんには後でまたゆっくりとお話しいただいて」

「角田《かどた》です」

婦人が若干投げやりな口調で言葉を返した。

「亀田じゃなくて、わたしは、カ、ド、タ」

「そうでしたね。失礼しました角田さん。では……赤西さん、ワンちゃんのことを話してくださいますか」

次は自分が喋《しゃべ》る順番だとは分かっていたものの、こう早いタイミングで自分に回ってくるとは思っていなかった民夫は固まってしまった。

「はぁ……」

何をどう話していいか戸惑う民夫だったが、皆、優しく民夫が口を開くのを待ってくれている。

「ハウは……ハウは特別な犬でした」

皆はやはり他の人が話すときと同様、ふむふむと頷いた。

「フツーの犬じゃなかった」

民夫が言葉を振り絞るようにして言うと、溝口はそうでしょうとも、という表情で頷きながら、民夫の次の言葉を待った。

だが、隣にいた角田は、まるで先ほどの民夫の冷笑に対する軽い仕返しのように、もうちょっと具体的に言えよ、というニュアンスでぶっきらぼうに言った。

「フツーじゃない犬っていうと？」

「えっ……」

「どんなふうにフツーじゃなかったんですか？」

「……スペシャルでした。僕の全てでした」

角田以外の人たちはみな、分かる分かる、というように頷いてみせた。とにかく、この会では、皆、とりあえず他人が発する言葉の一つ一つに深く同情と共感の思いを込めて頷くのが暗黙のマナーなのである。角田のような不用意なツッコミは、話し手を傷つけ萎縮させるだけだということは、大人の人間なら誰しもが分かっていることだからだ。

ただ、民夫は他の人たちに比べてやや大人げない、もっと言えば未成熟な人間だった。なので、次のようなセリフを付け足した。

「いや、みなさんには分からないでしょうけど」

「分かりますよ」

角田が即、言い返した。だが、それは今までの民夫の態度を根に持っての意地悪な気持ちではなく、本心からの素直な言葉だった。

ところが、民夫はやらかしたのである。

「いや分からない。分かるはずがない」

と民夫は言い切った。

ここにいたって、参加者たちの間に、ちょっと微妙な空気が流れ始めた。

その悪い空気を変えようと思ったのか、明らかに安物と分かるカツラを被《かぶ》った五十歳くらいの中年の男性が民夫に優しく声をかけた。

「もちろんですよ。あなたにとってハァちゃんは特別でしょう」

「ハウです」

民夫は、このオッサンちゃんとひとの話を聞いているのかな、という視線を向けて再度言った。

「ハ、ウ」

角田が、民夫と自分との間に流れた険悪なムードを和解ムードにもっていこうとするかのように、優しい口調で言った。

「ハウちゃんは可愛いワンちゃんだったんでしょうね。うちのケンちゃんもとっても愛《あい》嬌《きょう》のある目をしていて」

「カメと一緒にしないでください」

民夫はつい、思っていることを口に出してしまった。ほかの人たちと悲しみを共有できない苛立《いらだ》ちからか、自分を制御できなくなっていた。

険悪な空気が流れるなか、六十歳くらいの髪をきっちりと七三分けにした男性が唐突に声を発した。

「うちの恒夫《つねお》君は、ニホンザルでした」

皆から、「ほぉぉ」という声が上がった。さすがに霊長類と一緒に暮らしていた人間の話を直《じか》に聞くのは参加者たちにとっても非常にレアな体験だった。

悲しみの共有や癒し合う、という本来の目的を離れて、溝口も好奇心が前面に出た表情で七三分け氏の次の言葉を待った。

七三分け氏は、皆の注目を一気に集めていることに大いなる優越感を持ちながら、言葉を続けた。

「ニホンザルくらいになるとね……みなさん、あのですね、ニホンザルや猿と暮らしたことがある人はおられますか」

皆、ゆっくりと首を振った。

「恒夫君なんかはですね、もう、人間以上なんですよ。あらゆる意味で人間を超えているのです」

七三分け氏は、恒夫君との幸せな生活を思い出したのか、急にふさぎ込み、口を閉ざしてしまった。

「人間を超えている、といいますと」

溝口が先を促す。

七三分け氏がヘタな歌舞伎役者のように十分すぎる間をとってから口を開こうとしたのを、横から角田が口を挟んだ。

「動物はみんな、人間なんか超えていますよ。特に亀は寿命でも人間を超えますから普通は」

この時ばかりは、その場にいる全員が、「今はあんたの話はどうでもいいんだよ」という強い視線を角田に向け、彼女を黙らせた。

七三分け氏が、再び語り始めた。

「恒夫君は、優しさが尋常じゃないんです。花を愛《め》で、風と話すことができました。オリーブ色の瞳には哀愁が漂い……」

皆、七三分け氏の話が抽象的な次元に入ってきたことに、「そういうことじゃなくて、もっと下世話でもアホみたいな話でもいいから、具体的な面白いエピソードをくれよ」

と、まるで三流のテレビディレクターが素人の番組参加者に過剰な要求をするような無言の〝圧〟を全身から放出した。

だが七三分け氏は、空気を読むタイプの人間ではなかった。

溝口が、優しく言った。

「ポエジーですね」

七三分け氏は天を仰ぎ、つぶやいた。

「恒夫君の魂はどこにいるんでしょうか。ううう」

嗚咽《おえつ》する七三分け氏の慟哭《どうこく》に、参加者たちは、たとえ一瞬とはいえ彼に面白い話を求めた己《おのれ》の浅はかさを反省した。

七三分け氏の嗚咽は続いた。

彼の隣にいたおばあさんが七三分け氏の背中に手を当てて、自らも目頭を押さえて泣いた。皆、七三分け氏に共感し、その場は、しんみりとしたムードに包まれた。無言の間《ま》が続いても、居心地の悪さを感じることもなかった。

ところが、ただ一人、この中で最初から最後まで冷めている人間がいた。それが、民夫だった。

なんかちがう……民夫はこの部屋に入ってからずっと、そういったこころもちだった。

4

「僕だけ完全に浮いてしまいました」

民夫は、和泉先生にペットロスの会に参加したことを正直に話した。

「まあ。それは、ちょっと残念でしたね」

和泉先生は心から同情するように言った。

「結局、僕の悲しみは誰にも分からない。誰かの悲しみも僕には分からないんですよね」

和泉先生は民夫の言葉を肯定するでも否定するでもなく、切なそうな目でひとこと
「はい」と言って、民夫の足元あたりに静かに視線を落とした。

「それになんか、自分がちょっとイヤな奴だなとか、自己嫌悪に陥ったりして」

「赤西さんは嫌な奴なんかじゃありませんよ」

和泉先生は笑顔で、きっぱりと言った。

民夫は和泉先生のこういうところがいいな、と思った。そして同時に、ペットロスの会の自分の態度は、ほかの人たち、とりわけ主催者の溝口さんに対して失礼だったし申し訳なかったなと思った。もう、あの会へは顔を出せないだろう。いや、どの面《つら》下げて

また出かけていけるというのか。

「行かなきゃよかった」

民夫が言うと、和泉先生は小首をかしげ、

「そうですか？　でも、行ってみようと思ったんだから、行ってみてよかったじゃないですか。自分に合わないと思ったらよせばいいんだし。ここへだって、気が進まないと思ったらお休みしてもいいし、また来たいと思ったら予約の電話をくだされぱいいんですよ」

「いやいや、和泉先生にはいつも話を聞いて欲しいな、と思ってるんです。これ、ホントです。大体、先生にこうして話を聞いてもらってるのに、あんな会に参加したりして、なんか浮気しちゃったみたいで……」

「そんなことありません。赤西さんは自分がしたいと思ったようにしてください」

「はい」

和泉先生が期待通りの言葉を返してくれたので民夫はすっかりいい気分になり、ある質問をしてみた。

「あのう、話変わりますすけど、プライベートで動物と暮らしたことはおありですか？」

和泉先生の顔がパッと明るくなった。そして彼女は何か大切な秘密を打ち明けるように言った。

「インコが家にいます」

「えっ」

民夫には和泉先生の答えが意外だった、以前は獣医師として毎日多くの動物に接していただろうに、プライベートでも動物の世話をしていたのか、しかも、インコか……いや、動物が好きで獣医になったのだろうから、生き物と暮らしていても不思議はないか。それにしても、インコ……。

「鳥ですか」

民夫は、気持ちがそのまま顔や態度にでる人間である。つい、鼻で笑うような口調で言ってしまった。

和泉先生は、いつもの和泉先生らしくなく、ちょっとムキになったように語気を強めて言った。

「はい、インコです。今、三十歳です」

「えっ、ええっ。長生きするのは鶴と亀くらいかと……」

「大型のインコって五十年くらい生きるんですよ。一人暮らしの叔母が飼っていたんですけど、その叔母が亡くなったのでわたしが引き取りました」

民夫はこの会話をきっかけに、以前から和泉先生に聞いてみたかったことを探ろうと、彼らしくない抜け目のなさで頭をフル回転させていた。

「インコは喋《しゃべ》りますよね」

「はい、ですから。ピーちゃん、あ、ピーちゃんっていうのはインコの名前ですけど。ピーちゃんの前ではうっかりしたことは喋れません」

「先生のおたくのインコってどんなことを喋るんですか？」

「『あー疲れた、どっこいしょ』とか『冗談じゃないわホントに』とか」

「えっ」

インコは飼い主の口癖を覚えるというが、和泉先生は自宅でそんなことを言っているのか。

和泉先生は、民夫が考えていることを察した様子で続けた。

「叔母が普段言ってた独り言を覚えたんです」

「ああなるほど。ですね、きっと」

そして民夫は、ここだとばかりに、極力わざとらしさを感じさせない自然な会話の流れを意識しながら言った。

「じゃあ、ご家族の方とかも、ピーちゃんの前では、普段の言葉には気をつけてらっしゃるんですね」

「いえ、わたし、独り者ですから」

「あ、すいません、立ち入ったことを」

民夫はとりすました顔で言ったが、和泉先生があまりにもあっけなく、以前から民夫が知りたかったことを話してくれたことに驚いた。医者とかカウンセラーというものは自分のプライベートについては語らないし患者も聞いてはいけないものと思っていたからだ。とにかく、和泉先生が現在〝独り身〟だということは分かった。それが自分は知りたかったのだ。知ったからどうだということもないのだが。

民夫は、ここではなるべく自分のことだけ語ろう。そして和泉先生に嫌われないようにしようと自分に言い聞かせた。人間というのは魅力的な異性にパートナーがいるのか独りなのかということを知りたがるものだ。だが、自分はそんな野次馬根性を制御できる人間でなければいけない。民夫にもその程度の分別はあった。

しかし、和泉先生はピーちゃんについてむしろ積極的に語りたい様子だった。

「わたしが、おはようとか、おかえりなさいって言葉を覚えさせようとしてるんですけど、変な言葉しか喋りません。ここでは言えないようなヘンなことも」

和泉先生のうちのインコがもっともよく喋る言葉は『死ねばいいのに』というセリフだったが、それはたぶん一人暮らしの叔母が一番多く発していた口癖なのだろう。それが誰に対して発していたセリフかは永遠の謎であるが。

「あと、ピーちゃんのお気に入りのフレーズとしては『セクシャルバイオレットNo.1』なんてのもありますけど」

「『セクシャルバイオレット№1』てなんでしょうね。香水の名前とかですか」

「ネットで調べたら桑名《くわな》正博《まさひろ》の歌だそうです。アン・ルイスの元夫で、もう亡くなってますけど」

「ああ、『六本木心中』のアン・ルイスですね。で、あの、叔母様の写真って、見せていただけますか」

先ほどの自戒を忘れ、民夫は興味本位で図々しいことを口走ってしまった。

「あ、いいです。すいません」

「いいですよ」

和泉先生はスマホを取り出し、そこに入っている叔母の写真を見せてくれた。

民夫は遠慮がちにそれを覗いてみた。

インコと並んで写る七十歳くらいの女性の写真があった。

「似てる」

民夫は正直に言った。

「似てますかわたしと叔母？」

「いや、おばさまとインコが」

またまずいことを言ってしまった。民夫が自己嫌悪に陥る前に、和泉先生は、

「がははは！」

と、それまで見せたことがないような、ちょっとがさつで快活な笑い声を立てた。

民夫は、和泉先生に対して、若干幻滅すると同時に、彼女の中に自分が知らなかった別の好ましい部分があると感じて、ドキドキした。

5

民夫は、和泉先生のカウンセリングを受けた後はいつも、心が少し軽くなった気がした。カウンセリングといっても、ほとんどただ話を聞いてもらうだけだが、それだけでも十分だった。三十を過ぎた男が愛犬を失ったからといってそうそう人前でおいおい泣くわけにもいかない。相手がたとえば鍋島や麗子であってもそれは憚《はばか》られた。自分の身に降りかかった不幸に全面的に共感し、余計な口を挟まずに自分の話を聞いてくれる人間が民夫には必要だった。しかも、相手はその辺のシロウトでは困る。こういうことに関するプロでなくてはいけないのだ。

そういう意味で和泉先生は民夫にとってまさに理想的な人だった。いや、〝そういう意味〟以外でも理想的な女性かもしれない、と民夫は思い始めていた。

今日は天気がよかった。民夫は、カフェの外席に座り、通りを楽しげに歩く家族連れやカップルを眺めながらコーヒーを飲んだ。

それから、トム・クルーズの新作アクション映画を観て、本屋に寄り、面白いかどうか分からないが世間で評判になっている本を手にとって二冊ほど買った。

夕方、日が落ちるころに帰宅した。

家は、しんとしていた。和泉先生のカウンセリングで持ち直した心が、一気に冷え込んだ。

民夫は玄関に靴を脱いで上がった。最近はもう「ただいまー、ハウ！」とは言わなかった。そんなことをしてもただ虚しく、寂しくなるだけだった。

民夫はフラフラとリビングに来て、家じゅうに飾られたハウの写真の中でもとりわけ大きなハウの遺影の前に立ち、いつものセリフを言った。

「なんでとうちゃんを置いて死んだんだ。ハウの馬鹿野郎！」

そして、そのあとに続くセリフもいつもと同じだった。

「ごめんな、とうちゃんがもっとしっかりハーネスをつけてたら、お前も迷子になって死んだりしなかったよな。ごめんな、ハウ」

こうして、初期の激烈な悲しみというほどではないにしろ、相変わらず民夫の悲嘆の日々は続いていた。

第六章　きみのともだち

1

青い空にぽっかり浮かんだ綿あめのような雲がゆっくりと西に流れていた。気持ちのいい風が吹いている。

鉄の枕はひんやりとしてとても堅いけれど思ったほど悪くない。

枕木に沿って体を横にしていた麻衣《まい》は、両足をまっすぐに伸ばして両足首をもう一方のレールに乗せた。

海沿いを走る単線鉄道の線路の上で、十四歳になったばかりの麻衣は目を閉じた。中学の制服を着て死ぬのは気が進まなかったが、わざわざ家に帰ってお気に入りの服を着て戻ってくるのもめんどくさいからまあいいだろう。

線路の東側はすぐ海で、西側は森だった。あたりにひと気はない。

眠ってしまいそうになったころ、後頭部にかすかな振動を感じ始めた。

振動はだんだん大きくなってくる。電車が近づいてきたんだな、と思った。電車は近づいてきたが、自分の身体はもう鉛のように重くなって一ミリも動けない。動きたくもないし、動けない。麻衣は自己催眠をかけるように心の中で繰り返した。

このまま自分は、無になれる。おめでとうございます。ありがとう宇宙。パチパチパチ、拍手。

遠くで警笛が鳴っていた。繰り返し鳴っている。

麻衣はじっと目を閉じたまま動かなかった。

その時、耳に柔らかくて濡《ぬ》れたものが触れた。反射的に目を開けた。

大きくて黒い鼻。その鼻の穴から暖かい鼻息がかかってくる。熊だと思った。あたしは熊に食い殺されるんだ。いやだ。どうしよう。死んだふりをしよう。

麻衣はじっとしていた。相手は熊ではなくて大きな犬だった。どうやら必死に吠《ほ》えているようだが、ワンワンという声が聞こえない。長い間レールの上に後頭部を乗せていたから耳がおかしくなったのかな。もしかしたら、あたしはもう死んでいるのかな。ちがう、これは現実であたしはまだ生きている！

犬は、ハウだった。

ハウは、線路を枕にしたまま動かない麻衣の肩のあたりを、一生懸命前足で引っ搔《か》いて起こそうとした。無理だとみると、麻衣の制服のジャケットの袖をくわえ、なんとか線路の外に引きずりだそうと試みた。

警笛はさらに大きくなった。

「あっち行きな、ワンコ。あんたも轢《ひ》かれちゃうよ」

だが、ハウは意外な行動をとった。麻衣を線路の外に出すのが難しいと思ったのか、麻衣と並んで枕木の間のごつごつした石の上に身体を伏せたのだ。

「ばか」

麻衣は跳ね起きて、線路の外に出た。と同時に、

「おいで！」

とハウに両手を差し出した。ハウは麻衣の腕の中に飛び込んできた。

間一髪、電車は一人と一匹の脇を通り過ぎた。

ものすごい轟音《ごうおん》と風圧を浴びながら麻衣はその場に尻餅《しりもち》をついた。尻餅はついていたが、犬の身体に両腕を回したまままきつく抱きしめていた。麻衣は自分の命を救ってくれたこの犬を愛《いと》しく思っていたわけではなかった。ただ、恐怖で一瞬何かにすがりたかったのだ。

電車が遠くに行くと、麻衣は抱いていたハウには目もくれず、線路に沿って歩き始めた。


夕方。無人駅の小さな駅舎の中で、麻衣はベンチに足を延ばして横になり、スマホでプヨプヨをしていた。

その傍《かたわ》らにはハウが伏せている。

麻衣はハウのおかげで自殺に失敗した後、昼前からここにいて、ずっとスマホをい

じっていた。匿名でSNSをやっているが、現実の知り合いとは一切つながっていない。どこかの知らない、多分同世代の女子たちと男性アイドルグループのことをツイートしあったりしていた。ネガティブなことは匿名であっても一切書き込まない、そういうツイートをする人は即行でブロックした。

昼食はとらなかった。そもそも弁当を持ってきていないし、片田舎の無人駅の近くにはコンビニもない。朝、食欲がないながらも割としっかりと食べて来ているので、昼は食べないでも平気なのだ。ただ、自販機で甘い飲み物を何本か買って飲んだ。健康にいいかどうかは別として、彼女にとってはこれでカロリー摂取は十分だった。

電車は一時間か二時間に一本来た。田舎だから駅に来る人はだいたい知り合いばかりだった。皆、「こんにちは」とあいさつをしてくるし、麻衣も一応「こんにちは」と返すが、誰も学校に行かなくていいの、とは聞いてこない。年がいった人なら多少おせっかいをしてくるかもしれないが、今日駅を利用したのは若い人ばかりで、大人でもせいぜい三十代くらいまでだった。ただ、みんな、見慣れない犬には関心を示して「どこの犬だろうね」「洗ってもらってないな、かわいそうに」などと言いながらハウの頭を軽く撫《な》でたりはしたが、それ以上関わろうという人はいなかった。

駅舎の壁の時計は午後五時を示していた。

麻衣は起き上がり、鞄《かばん》を持って駅舎を出た。

ハウは麻衣についてきた。

「ついてきちゃダメ」

麻衣がきっぱりと言うと、ハウはその場にお座りをし、麻衣を見送った。

麻衣は、ハウを振り返ることもせず、スマホでゲームをしながら自宅へ向かって歩いて行った。

麻衣の姿がハウから見えなくなったころ、電車が駅に到着して、帰宅の学生が数人、降りてきた。皆、ハウを見て、昼間の人たちと同じような反応を示し、中学生や高校生の中には鞄やリュックの中からおやつを出してハウに与える者もいた。保健所に連絡する、という発想の人は誰もいなかった。野良猫をみてもいちいち保健所に連絡しないのと同じだった。ほとんどの者が、この犬は主人の帰りを待っているのだろう、と思ったのだ。中には少し気の利いた人間がいて、おそらくこの犬は喉《のど》が渇いているだろうと、駅舎の掃除用具入れの中にあったバケツに洗面所の水を溜めてハウの傍らに置いて行ってくれた。この水はハウの今日の命綱になった。

2

〝無視〟は何の理由もなく突然始まった。

きっかけはあった。クラスの女子のボス的な女子がなんとなく、麻衣を無視したのだ。ほかの女子がそれに倣《なら》って無視が始まった。男子たちはそれに気づいていたが、積極的にこの件に関わることを避けていた。中にはこのいじめに加担するものさえ出始めた。男子の女子に対するいじめは時に女子以上に陰湿でしつこいものであることを、麻衣は知っていた。だが、麻衣は男子にはそれほど腹は立たなかった。彼らはバカだし子供だった。だが、女子からのシカトは応えた。

麻衣は他人から嫉妬されるようなキャラクターではない。勉強も中くらいだし容姿も平凡だった。だが、いつでもいじめの標的になる危うさはあった。麻衣はいつもどこか孤高の雰囲気を漂わせていた。クラスの誰かのグループに所属することも、女子同士の陰口のいい合いの場にも加わることもなかった。声がかかれば一緒に遊ぶが、会話が陰湿なものになり始めるとすぐに距離を置いた。つまり、お高くとまっている雰囲気があった。

麻衣は一人っ子で、父と二人暮らしだった。父親は無名の陶芸家で、一日の大半を作業場にこもり、土を練ったり、ろくろを回していた。家は代々農家だったが、両親が早くに亡くなると、父は田畑を売って陶芸一本で食べていこうとした。麻衣の母は、娘がまだ二歳の頃に家を出て行ったきり帰ってこなかった。蓄えは徐々に減って底を突き、暮らしは貧しくなった。そのあまりの生活のみすぼらしさに「畑仕事の手伝いをしたらいくらか金になるよ」と誘ってくれる者もいたが、父は知人たちの親切な申し出もやんわりとすべて拒否した。そんなふうだから、父は、村の人間とほとんど付き合いがなかった。父は、村の人からみればただの変わり者、怠け者、道楽者でしかなく、この小さなコミュニティの中では浮いた存在だった。

そんな体《てい》たらくではあったが、麻衣は父が好きだった。うるさいことは何も言わないし、優しかった。もともと口数が少ないが、素っ気ないようでいて、娘の誕生日にはいつも自作の小さな彫刻――例えば楠《くすのき》で作った可愛い猫――をプレゼントしてくれたりもした。

中学に入ってから、麻衣は毎朝、二人前の朝食を作っていて、自分の弁当も自分で作っていた。だが、学校に行かなくなったここ数週間は、弁当を作るのをやめた。父は麻衣の変化に気づいているのかいないのか、いつもと変わらぬ態度で彼女に接していた。麻衣が毎日、学校にも行かず、駅舎やそのへんで時間を潰していても、そのことを父に教える隣人はいなかった。

麻衣は最近、死や自殺についてよく考えた。それは思春期の若者にありがちな漠然とした不安や憧れの類《たぐい》ではなく、より具体的な精神的な苦痛からの逃避としての〝死〟だった。麻衣は、ひとりでも平気な人間ではあるが、周りから完全に無視されるのは辛《つら》かった。麻衣は〝死〟に関する本や文章を、本やネットで、多少のかたよりはあるが、読んでいた。

死ぬことを自分で選んではいけないのだろうか。麻衣は、自分の自殺をなんとか正当化したいと思っていた。最初のチャレンジは犬の登場で失敗したが、その時が来れば、また〝自殺に挑んでやろう〟という気持ちは残っていた。「人はいつか死ぬのだから焦って死ぬこともない」「自殺は周りの人を苦しめるから絶対にいけないこと」などという言葉は、現に苦しんでいる人間に対してはただただ残酷で無責任な言葉に思えた。「自殺は地獄行き」だとか「成仏できない」などと口にする宗教家やタレントに対しては嫌悪感を通り越して怒りさえ覚えた。身内や近しい人を自死で亡くした人への配慮やデリカシーがなさすぎる。そういうことを軽々しく言う人間こそ地獄に落ちるべきだ、と思った。

と、ここまで考えを巡らせたところで、麻衣は一つの〝障害〟に突き当たるのだった。父は、娘の死をひどく悲しむかもしれない……。

3

無人駅に夜が来た。電車は午後九時で終わっていた。

駅舎の中でハウは眠った。

ハウは夢を見ていた。とうちゃんと川原でボール遊びをする夢だ。ボールを銜《くわ》えてとうちゃんのもとへ走る。とうちゃんが「ハウ、来い！」と両手を広げる。とうちゃんの胸に飛び込む。ボールをとうちゃんの足元に落とし、自分を抱きしめるとうちゃんの匂いを嗅いで、とうちゃんの顔や手を舐《な》めた。夢の中なのにとうちゃんの味がちゃんとした。

朝になった。

午前八時、部活の大きなバッグを担いだ中高生たち数人が駅にやってきた。

彼らはハウを見ると、「お前、まだいたのか」とハウの頭や体を撫でた。ハウの身体は薄汚れていて、匂いもあったが、男子中高生たちは意に介していないようだった。なぜなら彼らの部室の方が百倍も汚れていて臭かったからだ。その彼らの中に、麻衣と同じクラスの田口亮《たぐちりよう》もいた。

亮は、駅舎の隅に置かれたバケツの中の水を取り替えた。昨日、ハウの飲み水が必要だと思って水を汲《く》んでおいてくれたのはこの亮だった。

亮は麻衣の幼馴染《おさななじ》みだった。亮の家も代々農家で、小さい頃にはよく、麻衣の父の工房にやってきてろくろをいじったり、麻衣とも時々ボードゲームをして遊んだ。優しい少年だった。麻衣は亮が他の男の子と喧嘩《けんか》をしているのを見たことがない。小学校に上がってからも、目立たない影の薄い存在だった。十歳くらいまでは、二人で村のお祭りに出かけて金魚すくいをしたり、綿あめを買ってそれを分け合って食べたりした。

小学三年の時、麻衣は遠足に弁当を忘れて行った。麻衣はその頃にはご飯を炊《た》いたりウインナーを炒《いた》めるくらいはできたので、自分で弁当を作ったのだが、その弁当を家に置いてきてしまったのだ。昼食の時間になって、麻衣が皆から少し離れたところでぽんやりと座っているのに気づいた亮が自分の弁当のおにぎりを差し出し「食べろよ」と言ってくれた。周りの男子生徒たちが「ヒューヒュー」と茶化しだした。亮は気にする様子もなかったが、麻衣はいたたまれなくなり、なぜそんなことをしたのか自分でもわからないが、いきなり亮の差し出したおにぎりを叩《たた》き落とした。地面に落ちて泥だらけになったおにぎりを見て亮は泣きだした。「かあちゃんが作ってくれたのに」と。麻衣はまだマザコンという言葉を知らなかったが、男の子というのはつくづくマザコンだなと辟易《へきえき》した。

小学校の高学年になる頃には、互いの世界ができて、一緒に遊ぶこともなくなっていたし、道で会ったとしても口をきくこともなかった。中学二年になった時、たまたま同じクラスになったが幼馴染みであることは誰も知らなかった。麻衣は、亮が自分の幼馴染みであることをクラスの連中が知らなくてよかった、と思っている。もし彼が自分の幼馴染みだと知れたら、いじめの件が亮にまで累《るい》を及ぼすかもしれないからだ。亮はおとなしい子だ。いじめに関しては、亮は見て見ぬふりをしている様子だったし、それでいい、と麻衣は思っていた。

亮たちが駅に来てから五分ほどして、駅の向こうから麻衣がやってきた。

亮は、部活の仲間と昨日テレビで中継されていたサッカー日本代表の話をしながら、それとなく麻衣の様子を窺《うかが》った。

麻衣は亮たちと離れた場所に腰かけた。

「ハウッ」と、かすれた鳴き声でハウが麻衣を迎えた。麻衣はハウを見ても特別な感興があるでもなく、撫でもしない。ハウは、麻衣の足元に伏せた。

二両編成の電車が来た。

皆、ホームへ出た。麻衣もホームへ向かった。

電車のドアが開くと、ホームにいた者たちは乗り込んだ。

ホームに立つ麻衣の目の前に橘理沙《たちばなりさ》と彼女の取り巻きの女生徒たちがいた。理沙は車内から威圧的に麻衣を見下ろしていた。彼女は麻衣を最初に無視しはじめた女生徒だった。麻衣は一瞬理沙が視界に入ってすぐに目を伏せたので、理沙たちが自分を見ていたかどうかは分からなかった。

亮は、他の生徒たちと一緒に乗り込み、電車は出た。

電車が出た後、ホームには、一人だけポツリと麻衣が残っていた。

亮は、駅を離れてゆく電車の中から、周りの生徒たちにそれと悟られないよう何気に麻衣を見ていたが、すぐに部活仲間の会話に加わった。

麻衣はここ二週間、駅には来るが電車には乗らないのだった。彼女は一日、駅舎やこの周辺で時間を潰し、夕方になると帰宅するのである。


麻衣はいつものように駅舎のベンチに横になり、太宰治の『津軽《つがる》』を読んでいた。ハウは自分に一瞥《いちべつ》すらしない麻衣のそばにピタリをくっついて伏せていた。

『津軽』を読み終わると麻衣はホームに出て、線路の向こうをじっと見つめた。

「ハウッ」

とハウは鳴き、猫のように麻衣の足に頭を擦《こす》り付けた。

麻衣がハウを見た。ハウは笑ったような顔で尻尾《しっぽ》を振っていた。

麻衣はスマホで三浦大知《みうらだいち》の曲を鳴らし、踊り始めた。ハウも一緒に踊るようにくるくる回ったり、後ろ足立ちしたりした。


夕方になった。

午後六時の下り電車が着いて、車両の中から中高生たちが降りてきた。その中に亮もいた。

麻衣は駅舎の中でスマホをいじっていた。この駅で乗り降りする村の人間はほとんどが、麻衣が毎日学校へ行かずに駅舎やこの近辺で時間を潰しているのを知っているが、誰もそのことについて彼女を問い詰めるようなことはしなかった。ただ知り合いの何人かのおばちゃんやおじちゃんたちが「麻衣ちゃん、元気？」などと声をかけて来た。麻衣は、それを無視するでもなく、小さく頷いて見せた。

乗客たちは、ハウをちょっと撫でたりしながら、駅舎を抜けて帰っていった。

麻衣も、家へ帰ろうと、駅舎を出た。

ハウは麻衣を追いかけず、その場にお座りして見送った。

と、麻衣が駅を出たところで、亮が麻衣の前に立った。彼は麻衣が駅舎から出てくるのを待っていたようだ。

一瞬、麻衣は亮を見たが、何も言わず、そのまま亮の横を通り過ぎた。

「麻衣」

「何？」

「心配いらねえよ。もう終わったから、クラスで話し合ったから。今度なんかあったら、お前を助けてくれる連中がいっから。いっぺん、学校来てみろ」

亮はそう言って、帰っていった。

麻衣は、亮の背中を見送った。

亮はホームルームであたしのことを議題に取り上げてくれたのだろう。あの優しい、気の弱い亮が……彼にとってどんなに勇気のいることだっただろう。でも、本当だろうか。いや、あの亮が、嘘《うそ》なんかつけるわけがない。

亮は、いつの間にか、麻衣が知っているつもりの亮ではなくなっていたのだ。

亮、ありがとう。麻衣は心の中でつぶやいた。

だが、それですぐに「明日はちゃんと学校へ行こう」という気持ちになったわけではなかった。

翌朝。

午前八時のいつもの電車が来る時間。麻衣は駅のホームに立っていた。今日も、傍らにはハウがお座りをしていた。

麻衣の表情はいつもよりいっそう暗く、伏し目がちだった。学校に行かないことに慣れてしまい、このままの状態がずっと続くような気がしていたが、やはりそんなわけにはいかないのだろう。さすがに学校からも父には何らかの連絡が行っているはずだが、父は麻衣に何も言わない。今朝も「行ってきます」と麻衣が言うと、いつものように煙草をふかしながら能天気な顔で「行ってらっしゃい」と返してきた。父はそういう人だ。

そういう父が麻衣は好きだ。

ホームには、いつもと同じ顔触れの数人の乗客がいた。その中に亮もいて、何気に麻衣を見ていたが、声はかけてこない。いつものように仲のいい男子同士でゲームやネットで流れている都市伝説の話をして笑っているだけである。

電車が来た。

ホームにいた人々は電車に乗り込んだ。

麻衣はいつもとは別の位置に立っていた。なのに、目の前で開いたドアの向こうには、理沙たちがいた。

その時、理沙たちは麻衣から視線を逸《そ》らし、譲るように車両の奥へ移動していった。

だが、麻衣はやはり乗らない。

発車の警笛が鳴った。

その時……。

麻衣の傍らにいたハウが、まるでいつもそうしているかのようなさりげなさで、電車に乗り込んだ。さりげなく、としか言いようのない自然さだった。

「えっ」

麻衣は思わず小さく声をあげた。

電車に乗り込んだハウは、開いたドアの向こうから麻衣に向かって、「ハウッ」とかすれた声で鳴いた。

ハウは笑ったような顔で、麻衣を見ていた。

ドアが閉まる一瞬前に、麻衣は電車に飛び乗った。と同時にドアが閉まり、電車は動き出した。

麻衣は呆気《あっけ》にとられた表情でハウを見ていた。

ハウは、何食わぬ顔で、車内の床にお座りして麻衣を見上げている。

車内の人たちがほんのわずかざわついた。だが、麻衣がハウを抱きしめる姿を見て、犬が車両に乗り込んできたことについて大騒ぎをする者もなく、それを黙認した。

同じ車両の少し離れたところから、亮が見ていた。

乗客のほとんどは終点の駅で降りた。この駅には中学高校、会社や商店街があり、この路線で一番大きな町だった。

乗客とともにハウも電車を降りた。麻衣は迷っていた。降りなければ、電車は折り返してまた自分の村まで運んでくれるのだ。

ホームに降りたハウが麻衣に向かって「ハウッ」と鳴いた。

それが麻衣を苛立《いらだ》たせた。

「バイバイ」

麻衣はそう呟《つぶや》いて、ハウから目を逸らした。お前の言う通りにはしないわよ。

ハウはかすれた声で鳴き続けた。ホームの端にいた駅員がハウに気づいて、近づいてきた。

それを見た麻衣は電車を飛び降りるようにしてホームに出た。

麻衣はハウに、

「おいで」

と声をかけ、改札を抜けて、駅の外へ出た。ハウは嬉《うれ》しそうに尻尾を振りながらついてきた。

中学の校門が見えてきたあたりで、やはり麻衣の足取りが重くなった。ハウは麻衣に寄り添うように、ずっと彼女と一緒に歩いていた。

ほかの生徒たちも続々と登校してきた。彼らは、並んで歩く麻衣とハウを見て、「え、犬？」と驚いた顔をして何事か囁《ささや》きあっていたが、校門前にいた中年の男性教師に「おまえら早くしないと遅刻だぞ！」と促され、小走りに校内へ吸い込まれていった。

麻衣のクラスメイトらしき女子たちが、ちょっとぎこちなく「朝倉《あさくら》、おはよう」と声をかけてきた。

「……おはよう」

と、麻衣は聞こえるか聞こえないかくらいの声で返した。

校門の前にいた男性教師が麻衣を見て嬉しそうに、

「おはよう」

と声をかけてきた。

麻衣はペコリと頭をさげた。そして、立ち止まり、ハウに向かって言った。

「夕方まで、ここで待てる？　待てるよね」

「……ハウ」

ハウは鳴いた。それが、了解した、という意味での鳴き声なのかどうかは麻衣には分からなかった。

「朝倉の犬か？」

男性教師が麻衣に訊《き》いた。

「あ……はい」

麻衣は小さく頷いて、校内へ入っていった。

やがて、生徒たちの姿も消え、男性教師も校舎へと戻っていき、校門前にはハウだけになった。ハウは校舎を見上げていた。

風が吹いた。

ハウは、その風を感じようとするかのように、鼻先を空に向けた。

「ハウ」

と自分を呼ぶ、とうちゃんの声が聞こえた。

ハウはあたりを見回した。

ハウは、再び鼻先を空に向け、風の匂いを嗅いだ。

「ハウ」

もう一度、とうちゃんの声が聞こえた。

ハウは、民夫の声が聞こえてきた方へ向かって歩き出した。

4

ハウは国道を南下していった。

道に掲げられた道路標識が『宮城』から『福島』へと変わっていった。もちろん犬のハウには読めないが、方角としては間違っていなかった。

ハウが比較的交通量の多い広い道——それはたいてい国道や県道だった——を歩くのには理由があった。道沿いのコンビニ前やドライブインでドライバーたちが食べ物をくれるからだ。気の利く人間ならば、喉が渇いているだろう、とペットボトルの水やお茶を手に受けてハウに飲ませてくれた。ハウには、小川や農業用水の水を飲むことはできても、猫のように鳥や爬虫類《はちゆうるい》を獲物として狩る能力はなかった。雨の日は、雨宿りをして休んだが、雨風をうまくしのげないときは体が冷えてしまうので歩いた。

家庭ゴミを漁《あさ》るときもあったが、やがて、食堂の裏のゴミを漁ることを覚えた。寺社の縁の下や夜の牛舎を間借りして休むこともあった。厩舎《きゆうしや》は馬が騒いでしまうので寝床には向かないが、牛は寛容なのか犬を恐れないのか、割合に居心地がよく、運が良ければ従業員の弁当のお余りにありつくことができた。

南へ南へと歩くハウだったが、当然のことながら頻繁にT字路Y字路に遭遇した。そんな時は、風の匂いを嗅いだ。すると、決まってとうちゃんの声が聞こえてきた。

「ハウ、こっちだ」

宮城から岩手、福島の海沿いにはところどころに巨大なコンクリートの防潮堤が続いていた。ハウにはそれが何なのか分からないが、その異様さに犬なりの違和感を抱き、壁からはなるべく離れた道を歩いた。

さらに南下すると、そこにもまた、それまでの旅では見慣れない風景が現れた。二層から三層に積まれた黒い大きな袋――放射性廃棄物を詰めたフレコンバッグ――の連なりだった。ハウは本能的な畏怖《いふ》を感じて、それらからも距離を置いて進んでいった。黒い袋の風景の中に人影はなかった。

季節は夏になっていた。長毛種のハウにとって、猛暑の夏は死に直結する危険な季節だった。昼間の太陽は体力を奪い、焼けたアスファルトは肉球を焼いた。

ハウは、昼間はなるべく人目のない日陰を見つけて身体を休め、朝夕に歩いた。

野良猫が厳しい冬を奇跡の生命力で生き延びるように、ハウは凶暴な夏の暑さに全身の血が沸騰《ふっとう》する苦しさに耐え、夏を生き延びた。

第七章　次郎さん

1

「一体いつまでこの寂しさが続くんでしょうね」

民夫は相変わらず週末に和泉先生のカウンセリングに通い、相変わらずの嘆きとも愚痴ともつかない、やり場のない怒りと不安と悲しみと虚《むな》しさと後悔の入り混じったセリフを繰り返していた。

だが、和泉先生もそこはプロであるから自身の精神にダメージを被《こうむ》ることなく根気よく民夫の話を聞いてくれていた。

「本やネットなんか見ると『時間が解決してくれる』とか『悲しみには終わりがある』とかあるんですけど、それっていつなんですかね」

和泉先生は、「いつまでこの悲しみが続くのか」という民夫の問いに対して、突き放すでもなく、過度に同情するでもなくこう答えるのだった。

「それは……人それぞれかと思います」

「じゃ、僕は永久です。永久に悲しみが続くんですね」

「それは分かりませんよ、赤西さん」

和泉葉子の経験からすると、こういう場合、「悲しみにはいつか終わりが来ますよ」

と言ってやった方が良いクライアントとそうでないクライアントがいた。赤西民夫は騙《だま》されやすく悪知恵もないものの、素直ではなく、多少意固地なところのある人間であるから、無責任にならない程度にわずかに希望を持たせつつ、かといって楽観的すぎないコメントやサゼッションを返すことが大事だった。

案の定、民夫は納得するまでにはいかないが、同じ問いを繰り返すことをいったんやめて、次なる〝自虐〟と〝自嘲〟のステップへと会話を進めた。

「自分が嫌になりますよ。ホント、惨めな人生ですよ」

民夫はため息をつき、いつものパターンで、自嘲話を続けた。

「僕、これは今日初めて言いますけど……いいトシになって初めて付き合った女に婚約破棄されて、しかも、彼女をとったやつというのは僕が唯一心を許してた後輩ですよ」

実際は、これまで何度もこのカウンセリングで話していることだった。

「そうだったんですね」

和泉先生は相槌《あいづち》を打つように言った。

「つまらない仕事、つまらない生活。ハウだけだったんですよ。もう空《から》っぽですよ。生きてる意味のない人間なんですよ、僕は」

和泉先生は、自嘲する民夫が自分を憐《あわ》れんで欲しいわけではないことを分かっていた。

和泉先生は少し身を乗り出すようにして、明るめの口調で言った。

「赤西さん、もっと自分のことを好きになってください」

珍しく和泉先生が自分に対して〝前向きな圧〟をかけてきたことに民夫は戸惑ったが、一拍おいて、また自嘲気味に苦笑した。

「こんな自分の自分のどこを好きになるんですか？」

「どこをとかじゃなくて、自分を好きになって自分を大切にすることから始めませんか？」

「自分を好きになる……微妙ですね。僕にはレベルが高すぎるアプローチですね」

すると和泉先生はおもむろに悲しげな表情を見せてつぶやいた。

「お役に立てなくてごめんなさい」

そう言って口をつぐむ和泉先生の表情に、民夫は正直、グッときていた。和泉先生は精神科医でもなければ、臨床心理士でもない、しかし一緒に暮らしていた生き物が亡くなって悲しむ人の姿をじかに見てきた人だ。クロウトでもシロウトでもなく、無責任な言葉で人を励まして自分だけ安全圏に戻ってゆく連中とも違う。鍋島課長の奥さんの麗子さんなら自分の悲しみと虚しさを理解してくれるかもしれないが、彼女は上司の妻だからここまで自分の内面をさらすわけにはいかない。第一、麗子さんは浮世離れしすぎているところがあって、この種の相談相手には向かない。やはり、このカウンセリングが自分を一番助けてくれるのだ。

「いえ、僕は和泉先生に話を聞いてもらうだけで救われてるんで」

民夫は素直にそう言った。

「本当ですか」

和泉先生はちょっといたずらっぽい目で言った。

「本当です」

民夫は大まじめに即答した。

「あ、それならよかったです」

和泉先生は嬉《うれ》しそうに笑顔を見せた。

その和泉先生の笑顔にときめきを感じてしまう自分に微《かす》かに罪悪感を感じながら、民夫は絶望と悲しみの中で、正直ちょっとした幸福感を味わっていた。

カウンセリングを終えての帰り道、民夫は今日の和泉先生の言葉を思い出していた。

「自分を好きになってください」

実は民夫自身も「もしかしたら自分はこのままではいけないのかな。後ろ向きな気持ちから変えていかなくてはいけないのかな」と思い始めていたところだった。しかし、自分を好きになる……自分を好きになれば、この最悪の日々から抜け出せるのだろうか……これはなかなかハードルが高いな、とも感じていた。

2

村外れに、その墓地はあった。

三十年ぶりに墓の拝石《はいせき》が動かされると、空いたスペースに墓守の手で新しい骨壺《こつつぼ》が納められ、拝石は閉じられた。周りには故人の親族や隣人十数人がいて、大げさに嘆き悲しむ者もなく、ただ「ほんとにいい人だったなぁ」としみじみと語るだけで、皆、淡々としていた。

「墓の中が骨壺で満杯になったらどうするんだろ」と親族の誰かが言うと僧侶は「心配いりません。骨壺の中身だけ墓の中に撒《ま》いて、壺は捨てますから」と答えた。別の誰かが「でもいつかは墓の中は骨でいっぱいになるでしょう」と言うと、僧侶は何食わぬ顔で「骨は解けて水になるから大丈夫です」と屈託《くったく》ない笑顔で返した。坊さんにそう言われると、皆、それ以上何も訊《き》かなかったし、そんなことを心配してもしょうがないと思った。墓の中が骨で満杯になるころは日本という国があるかどうかも分からないのだし、ここにいた人々の中ではこの土地はもう、過去に一度死んでいるのだ、という思いもあった。

墓の前に置かれた故人の遺影は八十歳くらいの男性で、坊さんの下手くそな字で書かれた白木位牌《いはい》の戒名は簡素なものだった。

故人の妻である志津《しづ》は淡々とした表情で、一歳年上だった夫の遺影に静かに手を合わせた。傍《かたわ》らには隣人で夫と同い年の美佐子《みさこ》がいて、そんな志津の背中を軽くさすり、手を合わせた。


志津は仏壇の前で、アルバムを見ていた。

そこには、数日前に納骨を済ませた夫の次郎《じろう》や、今は東京で暮らす一人息子の達也《たつや》、達也の嫁の美紀《みき》や孫娘たちの写真が納められていた。アルバムの中では皆が笑顔で幸せにあふれた一家に見えるのに、現実には息子たちの顔を見るのもお盆の二日間だけだった。暮れと正月は嫁の実家へ行ってしまうからこちらへは顔を出さない。どうかすると、お盆でさえ達也が日帰りで顔を出すだけという年もあった。葬儀の時はさすがに達也も嫁や孫を連れてきてくれたが、納骨には達也だけが顔を出し、その達也も納骨が済んで親戚やご近所との会食を済ますとそそくさとその日のうちに東京へ帰ってしまった。

アルバムに貼られた子供時代の可愛い達也と今の達也はもう別の人間なのだな、と志津は思った。わが子ではあるが、今、達也が死んでも、夫の次郎が死んだ悲しみの百分の一の悲しみもないだろう。

近所の家のほとんどが建て替えられた中で、志津の家はそのままだった。古い農家づくりの大きな家だった。次郎の兄弟のアドバイスで小ぶりな家に建て替える話もなくはなかったが、「大震災でもびくともしないほど柱も梁《はり》も太く頑丈な家だし、建て替えるのは勿体《もったい》ない」と次郎が言うので、志津も尤《もっと》もだと思ってそのままにしていた。しかし、今になると一人で住むには広すぎる家だった。

志津はアルバムを閉じて、庭を見た。

「次郎さん、今日は陽気がいいよ」


昼になった。食欲はなかったが、うどんを茹《ゆ》でた。

大鍋にたっぷり湯を沸かし、そこへ乾麺《かんめん》を入れた。台所に立ったままぼうっと鍋を見ていたら泡がふきこぼれてしまったので慌てて火を弱くした。台所の椅子に座ってまたぼうっとしていたら、乾麺を湯に入れてどれくらい時間が経っていたのか分からなくなってしまった。まあもう茹であがっただろうと、麺をざるにあげて水ですすぎ、大皿に盛ったが、うどんはずいぶんふやけてしまっている。しかも三人前茹でたのでずいぶんな量になってしまった。

次郎が生きているときは、朝早くから二人で野良仕事をしてからの昼食だったのでいつも三人前茹でて、次郎が六割、志津が四割くらいの割合で平らげた。薬味には生姜《しょうが》を下ろしたり、ネギ、茗荷《みょうが》や大葉などを刻んだ。うどんやそうめんだけでは寂しいので、山菜やナス、芋などの天ぷらも揚げた。だが、ひとりだと、薬味を刻むのも面倒だ。つゆも出来合いの瓶入り麺つゆを使った。

「次郎さんがいたころはちゃんと煮干しやカツオで出汁《だし》をとったんだけどな」

志津は心の中で呟《つぶや》くだけでなく、そう口に出した。

次郎さん、独りなのに茹ですぎちゃったよ。

次郎さん、やっぱり出来合いのつゆは甘すぎるし、あとで喉《のど》が渇くね、今度はちゃんと自分で作るからね。伸びたうどんはまた夜に食べればいっかね。

そんなことを、今はいない次郎に語り掛けながら、うどんを啜《すす》った。すぐに腹がいっぱいになった。余ったお椀《わん》のつゆを台所に捨て、ざるやら鍋やらを洗い、余った大皿のうどんにラップをかけようとして、ふと手が止まり、結局うどんはそのままゴミ箱に乱暴に放り込んだ。

座敷に戻ってテレビをつけてみた。嘘《うそ》ばかりついている日本の総理大臣の国会答弁の様子が映し出されているのをみてチャンネルをかえたが、タレントたちの大仰な笑い声が聞こえてきたのですぐ消した。ラジオをつけたら人生相談のコーナーだった。夫の浮気に悩んでいるとかなにかの相談事で、志津は聞く気にもなれず消した。坊主だ医者だ大学の教授だ作家だと他人に偉そうにものを言う連中はみんな本物の悲しみを知らない。知らないから恥知らずにものが言えるのだ。それが分かってしまった今、そんな連中の声など一秒たりとも耳に入れたくなかった。

あーあ、次郎さん、あんたほんとに死んじゃったの？　あたしを置いて死んだんだ、ばか野郎。ごめんなさい、苦しかったね、生きたかったね次郎さん、かわいそうに、でももう楽になったかな。よかったね次郎さん、先に逝《い》けて。ずるいよ。

農家から農家へ嫁に来た。見合いで結婚した相手は優しくて、それがどんなに幸運なことか若かった自分には分からなかった。次郎さんの両親は神様のようにいい人たちだった。それでも舅姑《しゅうとしゅうとめ》というのは鬱陶《うっとう》しいもので、あたしは次郎さんに夜な夜な愚痴をこぼしたものだが、次郎さんは怒りもせずに優しく話を聞いてくれた。一人息子も自立し、次郎さんの両親も自分の両親も穏やかに見送ることができた。次郎さんと二人、ご飯を一緒に食べて一緒に畑に出てまたご飯を食べてふとんを並べて寝る。なんと幸せな生活だったろう。なんと幸せな人生だったろう……少なくとも、次郎さんがこの世からいなくなるまでは。


何もしたくなかったが、畑に出た。

畑に出たら次郎がいるような気がしたからだ。だが、死んだ人間が現れるはずもなく、志津は雑草をつまんでその場に放るだけの、仕事でもないような仕事を続けた。次郎が患《わずら》ってからはナスやキュウリ、プチトマトやししとうなどをほんの少し作っているだけだった。

疲れはしなかったが、やる気がなくなったので草むしりもやめて、畑の隅に置いてある逆さにしたビールケースの上に腰かけ、ぼんやりと道端《みちばた》の花を見ていた。紋白蝶《もんしろちょう》がひらひらと舞ってきて、花の蜜を吸い始めた。

「あんた、次郎さん？」

志津は蝶に向かって言ってみたが、蝶はひらひらと舞ってどこかへ行ってしまった。

死んだんだね、無になったんだね、次郎さん。あたしも、無になれたらいいな。あの世であんたに会えたらもっといいけど、そん時が来るまであと何年生きなけりゃいけないの、次郎さん。あんたに訊いても仕方ないね、あんたは死んで無になったんだから。もう宇宙のどこにもいないんだから。

心の中で堂々巡りのように呟き続けていたが、このまま気が狂うのもなんとなく怖い気がして、やめた。だが、黙っているのもやっぱりおかしくなる。どっちにしろおかしくなっちゃうよ、次郎さん。

志津は声に出して呟きかけた。

「次郎さん……あたし、もう……」

そう言いかけたとき、視線の向こうから誰かがやってきた。夏の陽炎《かげろう》の中から、突然、それは現れた。

亡くなった次郎が、こちらへ歩いてきた。

ああ、次郎さんが死んだのはやっぱり夢だったんだ。よかった、変な夢から覚めて。

だが、遠くからこちらに向かって近づいてきたのは、次郎ではなく、薄汚れた一匹の瘦せた大きな犬だった。

ハウである。

「犬」

志津は声に出していった。戸惑い混じりの、拍子抜けしたような声だった。

それは独り言のニュアンスではなく、そばに誰かがいてその人物に語り掛けるような口調だった。次郎さん、犬が来たよ。あはは。

ハウは志津から少し離れた場所で立ち止まった。それは別に志津を警戒しているわけではなく、無遠慮に近づいて相手を怖がらせてはいけないという配慮のように志津には感じられた。賢い犬……。

志津はそのハウの佇《たたず》まいと落ち着いた雰囲気に、なんとも言えない懐かしさと安心感を覚えた。ただの犬っころじゃない、と感じた。

志津は、

「おいで」

と手招きした。

ハウは、志津に近づき、お座りをした。

志津はハウの頭を撫《な》でて言った。

「あんた、どこから来たの?」

志津はハウと一緒に家に戻り、冷凍庫のご飯を解凍すると、それにマルハの魚肉ソーセージを刻んで混ぜた。犬猫に塩分は毒だという知識もないし、夫の次郎が塩っ辛いものが好きだったので、これでは味が物足りなかろうとマヨネーズを足して、さらに健康によいかもしれないからとキャベツを刻んだものを混ぜて、ボウルのままハウの前に置いた。

「ほら」

ハウは志津の顔をじっと見ている。

「食べなさい」

ハウは、百メートル走のスタートの合図と同時くらいの勢いで食べ始め、というか、数口で飲み込んで、さらにボウルについたマヨネーズや米粒もきれいに舐《な》めた。そして、志津が洗面器に入れてくれた水をペチャペチャと勢いよく飲んだ。

志津はハウの身体を撫でながら言った。

「あんた、ずいぶん汚れてるねえ」

ハウは志津の顔を見ながら申し訳なさそうな顔で「クーン」と鼻を鳴らすと、「ハウッ」とかすれた声で鳴いた。

「あんた、声が出ないの？　うちの次郎さんもねえ、喉《ここ》の癌《がん》だったから、声が出なかったのよ」

「ハウ」

「おいで」

志津は手招きしてハウを風呂場に連れていった。風呂場は五年前に新しくしていて、シャワーも出る。

志津はまず、風呂の残り湯を桶《おけ》ですくってハウの身体にかけた。そして、リンスインシャンプーのボトルを手に取ると、直接ハウの身体に中身を噴出させた。人間用のシャンプーの匂いはハウには少々苦痛なはずだったが、文句も言わずにハウはじっとお座りの体勢をとっていた。

かなり汚れているのでシャンプーをいくらかけても泡立たない。志津はいったんシャワーでハウの身体についたシャンプーを洗い流し、そしてもう一度ハウの身体全体にシャンプーを塗りたくって素手でごしごしと洗い、シャワーで流した。

「よし、これでいい」

志津が言うと、ハウは身体をブルブルと動かして水を弾《はじ》き飛ばした。

志津はバスタオルでハウの身体を拭くと、仕上げにドライヤーで乾かした。

「わぁ、見違えたねえ」

志津はハウの顔やら背中やら足やらを撫でた。

「あれ、あんた怪我《けが》してるね」

ハウの足にはいくつか傷があり、肉球もひび割れたり、小さく切れて血がにじんでいるところがあった。険しい道やアスファルトを歩いて傷めたのである。

「シャンプー、沁《し》みたでしょうよ。あんたワンコのくせに我慢強いね。次郎さんと一緒だ。我慢しすぎて病気になったら元も子もないよ」

せっかくきれいになったハウを土間に連れてゆくのが惜しくなった志津はハウを座敷に連れて行き、ハウの足の傷にオロナインを塗った。

そして、志津は段ボール箱をいくつか潰して土間に敷いた。

「ここがあんたの場所だからね」

志津が敷いた段ボールをトントンと手のひらで叩《たた》くと、ハウは段ボールの上に乗り、そこで伏せた。

それから志津は座敷に戻って座椅子に座り、じっとハウを見つめていた。

「なんでだろう」

と志津は言った。

なんであたしは遠くから歩いてくる犬を次郎さんと見間違えたのだろうか。よりによって犬を人間と間違える、しかも次郎さんと間違えるなんて、あたしは頭がどうかしてしまったのだろうか。

志津はこちらへ向かって歩いてきたときのハウの姿を思い出し、はっとなった。歩き方だ。

歩き方が次郎さんと似ていたのだ。歩き方といっても四本足の動物と人間では似るも似ないもないが、いつも落ち着いて一定の速度でゆっくりと歩くその姿、佇まいやムードというものが似ているのだ。大人しく、もの静かなところも似ている。もっともこの犬は吠《ほ》えようにもワンワンという声が出ないようだから、うるさくしようもないのだが。

その夜、志津は、次郎が死んでから初めてぐっすりと眠った。

ハウも、民夫と生き別れて以来はじめてというぐらいに、ぐっすりと眠った。

3

次郎が、縁側で煙草をくゆらしていた。

志津がお茶を持ってくると次郎が庭の方を見ながら言った。

「今年の梨は甘いぞ」

「達也のとこにも送ろうか。食べてくれるといいけど」

「食べるさ」

志津も次郎の隣に座ってお茶を飲む。

「美紀さんが子供たちには食べさせたくないって」

「そんなことはねえさ」

「子供たちから聞いたのよ。『お母さんが食べちゃだめだって言うから食べない』って。ちゃんと検査してるのにねえ」

「……」

次郎はそれ以上何も言わず、穏やかな表情で、庭の花を見ている。

志津は目を覚まし、身体を起こした。

常夜灯の薄明かりの中、夫の遺影がそこにあった。

「……」

ああ、次郎さんは死んだんだった。でも、今縁側で煙草《タバコ》をくゆらしていた次郎さんのいる世界と、今、自分一人になったこの世界とどちらが本当の世界なのかは分からない。

次郎さんとはいつも作物の出来のことを話していた。採れたものをきちんと放射能検査しているのに達也の嫁の美紀が食べてくれないことについても、よく話したものだった。

いや、そのことについて不満を言うのはいつもあたしの方で、次郎さんはいつも余計なことは言わずに黙っていた。〝諦《あきら》め〟でもないし、いつか食べてくれるようになるという〝楽観〟でもない、ただ前向きで、でも今の現実はそれとして受け入れる人だった。男らしい人だった。達也たちの前では、あたしは次郎さんのことを「おとうさん」と呼んでいたが、誰もいないときはいつも「次郎さん」と呼んでいた。次郎さんも、子供たちの前ではあたしを「おかあさん」と言っていたが、二人きりのときは「志津」と呼んでくれていた。

そんなことを思っているうちに、志津は、今自分はいつのどこにいるのかが分からなくなった。とうとうぼけてきたか、アルツハイマーになってしまったか、いや、いっそ何もかも分からなくなってしまう方が幸せなのか。

土間の方からハウがこちらを見ていた。やはり、今ここが現実なのだ。昼間、この犬がやってきて、餌をやり、体を洗ってやって、土間に寝床を作ってやった。そして、夜中になって、その犬は土間に今もちゃんといて、あたしのことを見ている。

「おいで」

志津は言って、以前は夫の次郎が布団を敷いて寝ていた右側の畳をトントンと叩いた。ハウは、遠慮がちに、としか言えないようなゆっくりとした動きで座敷に上がってきて、志津の布団の右側に伏せた。

志津は横になって、ハウの頭を撫でた。

「あんた、次郎さんなの？」

ハウは、ただ、口を少しだけ開いて息をしながら、志津を見ていた。

4

志津はハウを飼うことにした。飼うといっても、リードや首輪をつけるわけではなく、保健所にも届けない。ただ、日に二回、餌をやるだけである。

畑にも一緒に出た。

縁側で、志津が歌を唄いながらお手玉をしていると、ハウは庭でそれを見ていて、その場でくるくる回り、後ろ足で立って前足で犬かきをするお得意のポーズをとった。

志津はいろいろなものをハウに食べさせた。梨を剝《む》いてハウの鼻先に差し出し「食べる？」と言うと、ハウはうまそうにシャリシャリ言わせながら食べた。すいかも食べたし、キュウリも食べた。

「次郎さん、あんたほんとに何でもおいしそうに食べるね」

それは次郎の生前、よく志津が次郎に言っていた言葉である。次郎はそう言われるといつも黙って微笑《ほほえ》んでいた。

畑仕事が一段落すると、志津はハウに言った。

「そろそろお昼にしようか次郎さん」

「ハウ」

もう夫婦のような感じである。


ハウがこの家にやってきて数日後。

志津が窓を全部開けて、座敷に掃除機をかけていると、庭から仲良しの美佐子がビニール袋を提《さ》げてやってきた。美佐子は志津の一つ年上の幼馴染《おさななじ》みで、葬式や四十九日法要や納骨の時も、いろいろと手伝ってくれた優しい人である。

美佐子は庭の日陰で伏せていたハウを見た瞬間、凍り付いたように立ち止まった。次郎がいる、と思ったのである。次郎が庭で寝そべっていると見えたのだ。だが、死んだ次郎が地べたに横になっているわけもなく、すぐそれが大型犬だと分かり、ホッとした。

ハウは起き上がり、わたくしはこの家の犬ですが、という顔つきで美佐子を迎えた。

美佐子はハウの頭を撫でながら、家の中の志津に声をかけた。

「志津ちゃん」

志津は掃除機の音で美佐子の声が聞こえず、掃除を続けていた。

美佐子は縁側に腰かけて、志津の掃除が終わるのを待った。

掃除機のスイッチを切った志津がやっと縁側に人がいることに気づいてギクリとした。

「あ、びっくりしたぁ。美佐子ちゃんかぁ」

ハウの頭や背中を撫でまわしていた美佐子は振り返ってにっこり笑った。

「ごめんごめん。驚いた？　卵、持ってきた」

「お茶入れるね」

「ワンコ飼うことにしたの？」

「なんか、どっかから来たのよ」

次郎の生まれ変わりのような気がしている、とは言わなかった。

「あたしも猫かなんか飼おうかな」

と美佐子が言った。

「生き物を飼うときは覚悟がないとねえ、あたしらも老い先長くないから」

言った後で、志津は、自分より少しだけ年上の美佐子に生意気な口をきいてしまったかな、と思った。だが、美佐子は微笑みながらしみじみと言った。

「そうだねえ。ほんとだねぇ」

志津は美佐子と茶を飲み、ふぅと小さく息をついて、言った。

「……こんなふうになって、美佐子ちゃんの気持ちがやっと分かったよ、あたし」

志津と美佐子は、ゆっくりとお茶を飲んだ。

「志津ちゃん、仲良くしようね」

美佐子も、三年前に夫を癌で亡くしていた。

「志津ちゃん、これ、おいしいお茶だね」

5

ハウがこの家に来て一週間が経った。

午後の畑仕事を早めに終えた志津は、戸を開けたまま座敷で昼寝をしていた。

志津の傍らで一緒に寝ていたハウが、目を開けて庭の方を見た。

「お母さん」

庭の方で男の声がした。

志津が目を覚ますと、縁側の向こうに来年五十になる息子の達也が笑顔で立っていた。

大きな四角いプラスチックのケースを手に提げている。

「玄関から入りなさいよ。そんなとこ突っ立って」

「いや、すぐ戻んなきゃいけないから。あのさ、美紀の奴がお母さん寂しいだろうから
プレゼントしたいって」

美紀がそんな気の利いたことをする優しい嫁ではないことは分かっていたので、志津は「そうかい」と微笑んだが、心の中では警戒していた。

達也が提げていたのは小型犬を入れるためのキャリーケースだった。

達也はキャリーケースを開け、一匹のチワワを取り出した。

「チワワ。三十万したけど、可愛いでしょ」

志津はさすがに呆《あき》れたように息子を見ながら、ハウの頭に手をやり、言った。

「達也お前、この子が見えないのかい？」

「犬？　いいじゃん、ペットは二匹飼いの方が癒《いや》されるらしいよ」

達也は、その大きな白い犬がどういう経緯で自分の母親と一緒にいるのか、それすらも訊かなかった。

志津は心の中でため息をついた。大方、娘の詩織《しおり》にせがまれて買ったものの、美紀に「おばあちゃんちにあげてきなさいよ」と命令されてのこのこやってきたのだろう。

「じゃ、俺、時間ないから行くね」

東京から福島の実家までやってきた息子は、座敷に上がることもせず、わずか二分で帰るという。志津は呆れたが、達也のこういう振る舞いには半分慣れっこになっていた。

達也は子供の時から感傷とは無縁のドライな性格だった。世間では男の子はみんなマザコンだというが、その範疇《はんちゅう》に入らない人間もいる。達也の母親に対する淡白な態度は、結婚し、自分の家庭を持つとなおさら顕著になった。そこに特段の悪意はない。達也はそういう性格なのだから仕方がない。

「おとうさんにお線香あげていきなさい」

「時間ないから」

もう一度同じセリフを吐くと、達也はその場で座敷の仏壇に向かって手を合わせた。そして、無自覚な残酷さで母親に言った。

「じゃ、もう寂しくないね。お父さんの代わりだと思って可愛がってやって。ちなみにそれ、オスだから」

達也は乗ってきたミニバンの後ろからドッグフードの大袋を出して縁側に置くと、まるで頭の悪い女子高生がするような軽薄な仕草で母親に手を振り、風のように去って行った。

なんなのよ、お前は。バカ息子。志津は心の中で毒づいた。

縁側に置き去りにされたチワワは、その場に立ったまま、犬らしくない居心地の悪そうな顔つきで尻尾を細かく振りながら、クークーと切なげに鳴いていた。

「おいで」

志津が言うと、チワワは志津とハウのそばにやってきた。

ハウはチワワの小さな頭を舐めた。チワワがキャンとひと鳴きすると、ハウはすぐに体勢を低くして伏せて見せた。これでチワワはすっかり安心した様子で、二匹はしばらく鼻をつんつん突き合わせて、やがて大きなスフィンクスと小さなスフィンクスが並ぶように身を寄せ合ってその場に伏せた。

「急に家族が増えた」

志津は淡々とした口調でつぶやいた。

その時、一旦は去ったはずの達也のミニバンが再び戻っていた。

達也は、今度は玄関から入ってきた。

「どうしたの？　忘れ物？」

「あ、いや、やっぱり線香上げていくよ」

達也は仏壇の前に座り、蠟燭《ろうそく》に火をつけると線香を上げ、鈴《りん》を鳴らし手を合わせた。

志津は達也の背中を見つめながら、さきほど心の中で息子に毒づいたことを少し後悔した。この子だって鬼じゃない。いったん座敷に腰を下ろせば長くなる、そう思ってそそくさと立ち去ったものの、やはりいくらなんでも母親が不憫《ふびん》だ、と思って引き返してきたのだろう。

「ちょっと早いけど、夕飯食べていきなさいよ」

志津は手を合わせる息子の背中に向かって言った。

達也は志津の方を向いて足を崩し、胡坐《あぐら》をかいた。チワワがその胡坐の中に飛び込む

ように入り、すっぽりと収まった。達也はチワワの頭を撫でながら、

「ああ、うん、どうしようかな」

「じゃがいものてんぷら揚げようか。あんた好きでしょ」

じゃがいものてんぷらと聞いて、達也の目が輝いた。彼の大好物なのだ。

「じゃがいものてんぷら、食べてないなぁ」

「美紀さん、てんぷら揚げてくれないの？」

「てんぷらは台所が汚れるから」

それを聞いて反射的に志津の眉間《みけん》にしわが寄る。

「魚は焼いてくれるの？」

焼き魚も達也の好物だった。子供の頃からなぜか肉よりも魚が好きな子だった。

「焼き魚は、コンロが汚れるから」

「じゃあ、台所はいらないね」

志津が皮肉めいた口調で言うと、達也はむきになったように言い返してきた。

「美紀がそう言ってるわけじゃなくて、俺自身がめんどくさいからやらないの。食事は俺の管轄だから。美紀も仕事があるし」

「お前より稼ぎがあるからって、卑屈にならなくてもいいんだよ」

達也は怒った様子もなく、やれやれとため息をつき、

「あのね、もうさ、時代が違うんだよ。お母さんに説明しても分からないだろうけどさ。お父さんが新聞を読んでる間にお母さんがメシの支度から何から全部やってくれた頃とはさ、時代が違うのっ」

「ふうん、そうなの」

分かっている、あたしだってテレビくらいは見るしラジオも聞いているから、男だから女だからという時代ではないことくらいは、本当は分かってる。ただ、達也は少し勘違いをしている。達也は、母親が食事の支度をしている間、父親は煙草を吹かしながら新聞やテレビを見ていた、そんな姿だけを覚えているのだ。たしかに、炊事洗濯はあたしがやっていたが、家の手入れや掃除はしてくれたし、それだけでなく、達也が知らない次郎さんの優しさがあった。それを息子に言うのも馬鹿馬鹿しいし、母と息子でそんな話はできない。これが娘だったら違った会話もできただろうが、子供は一人しかできなかった。ああ、娘の方がよかったな。男の子は親が年を取ってから役に立たないと世間でよく言うが、本当だな。

母親と目を合わせるのが気まずくなったのか、達也はチワワの顔を覗《のぞ》き込みながら撫でまわしている。そして、チラとハウの方を見て、「おっきいなぁ」と呟き、チワワの前足を摑《つか》んで手を振るように動かし、「よろしくねぇ」とおどけるように言った。

「ご飯とそうめんどっちがいい?」

志津が聞くと、

「そうめん」

と達也は即答した。

志津は台所に向かった。

達也はあたしよりも嫁の方がずっと大切なんだな。それでいい。それでなきゃいけない。と、志津は思った。

志津は台所で手を動かしながら息子に、

「ビール飲む？」

「車だから」

「泊っていけばいいじゃないよ」

「明日仕事だし、今夜中には帰らないと」

達也と妻の美紀は十年前、東京の板橋《いたばし》に一戸建てを買った。家に帰ったら風呂は沸いているのだろうか、シャワーですませるのだろうか、息子の健康のあれこれを考えたが、口には出さなかった。それはもう、自分が心配することではない。と、志津は自分に言い聞かせた。

食事の支度をしながら、あたしもてんぷらを揚げるのはひさしぶりだな、と思った。食べてくれる人がいなければ、誰がてんぷらなんか作るものか。天つゆとそうめんつゆは、冷蔵庫にあった出来合いのものを使った。昔はかつおと煮干しで丁寧に出汁をとったものだが、まあ、次郎さんと違って息子に味の違いは分からないだろう。

達也は揚げたての野菜のてんぷらとそうめんをうまそうに平らげると、それが習慣なのだろう、食器を台所に運んだ。

「そのままにしておいていいよ」

「うん」

達也は、先住犬の身体にピタリと身体を寄せているチワワを見て安心したように微笑み、

「じゃ、俺、帰るよ」

「お茶入れるから。親が死んでも食休み、っていうでしょ」

「縁起でもないこと言うなよ」

達也はもういちど仏壇に手を合わせた。

もう表は暗くなっていた。板橋までは高速を使って三時間弱で着くと言う。

「気をつけて行きなさいよ」

「大丈夫だよ。お母さんも、無理するなよ、いろいろ」

達也は車に乗り込むと、運転席のドアを開けて、

「じゃあね」

と軽く手を振って微笑み、車を出した。

志津も今度は、車のテールランプが見えなくなるまで息子を見送った。そして、あっ、『家に着いたら遅い時間でもいいから電話しなさいよ』と言うのを忘れた、と一瞬悔やんだ。

座敷に戻ると、チワワは伏せているハウにまとわりつき、フサフサとした長い毛の中に顔をつっこんだり、ハウの背中に飛び乗ったりしてじゃれていた。

志津は、達也が置いて行ったドッグフードを二つの皿に空けると二匹は仲良く食べ始めた。

押入れから古い毛布を出して、四つに畳んで置くと、チワワはそこが自分の寝床と理解したようで、その上にちょこんと乗った。くりくりとした目がなかなか可愛い、と志津は思った。

夜の九時を少し回った頃に、達也から「着いたよ」とショートメールが来た。メールではなくて電話をかけてくればいいのに、まあ、いいか。志津は安心して床についた。

その翌日。

志津はハウとチワワを連れて畑に出た。

「あんたにも名前をつけてやらなくちゃねぇ」

そう言って志津がチワワを見ると、ちょうどチワワはハウとじゃれあっているところで、その時、小さな鈴のような股間の玉袋が見えたので、ひらめきのままに名前を付けた。

「キンタ……金太でいいね」

最初は金太に対して何の思い入れもなかった志津だが、一緒に暮らしていればそれなりに愛情が湧いてくる。金太も志津によく懐いて、夜は志津の枕元で眠った。

ハウが何事にも犬のくせに遠慮がちなのにくらべて、金太は素直に自分の要望をキャンキャンと甲高い声で志津に訴えた。餌はいつもハウと同時に貰《もら》ったが、金太はいつもがっついていて自分の皿を数秒で平らげると、ハウの分も食べ始める。ハウは怒りもせず、金太に好きなように食べさせていた。

次の日の夜。

志津がテレビを見ていると、金太が膝に乗ってきた。

志津は金太を撫でまわす。

ハウは座敷の隅でそんな志津たちの姿を静かに見ていた。

志津は、ハウに向かって言った。

「次郎さん、あんたもずっとここにいていいんだからね」

テレビを見終わった志津が金太に言った。

「さあ、寝ようかね」

志津は布団を敷くと、金太はすぐに枕の横にスタンバイした。

志津は畑仕事の疲れで、すぐに眠りに落ちた。


朝になった。

表でチュンチュンと鳥たちが鳴いていた。

志津は目を覚ました。

枕元には金太がいる。だが、ハウの姿はなかった。

「次郎さん？」

志津はとりあえず、雨戸を開けた。

庭にハウがいた。玄関の戸を自分で開けて外に出たのだろうか。ハウは、朝焼けに染まる遠くの地平に顔を向け、四本の足ですっくと立っていた。

志津は理解した。

「ああ……あんた、行かなきゃいけないの？」

ハウは志津を振り返って鳴いた。

「ハウッ」

ハウは、その場でくるくると回り、後ろ足立ちして犬かきの仕草をした。ハウお得意のポーズだ。

ハウは歩き出した。

志津は慌てて玄関に回り、サンダルを履いて、ハウを追い、家の裏手の道へ出た。そこからまっすぐ南へ延びる道を、ハウが歩いていく。

次郎さんが行ってしまう。だが、志津はそれ以上追いかけなかった。これが運命なのだ、と思った。最後に挨拶をさせてもらえただけで、自分は幸せ者だ。

「ありがとうね」

去ってゆくハウの後ろ姿を見送りながら志津は言った。

「気を付けて行くのよ」

ハウの姿が小さくなり、やがて小さな光の粒子がフッと消えるように、風景の中へ溶《と》けて行った。

第八章　緑の髪の人

1

民夫は今日も淡々と区役所の住民課の仕事をしていた。

窓口の受付時間がもうすぐ終わるというころ、八十歳くらいの老人がやってきた。老人は証明書の申請用紙入れの前で戸惑っていた。

民夫が声をかけた。

「ご用件は？」

「あの、戸籍謄本《こせきとうほん》を」

「あ、じゃあ、こちらの申請用紙にご記入お願いします」

老人は記入机の前で、老眼鏡をかけ、備え付けのペンは使わずに、自分の胸ポケットに差していたペンで記入した。ゆっくりと確認しながら書いているので受付の午後五時を回ってしまった。老人は書き終えると用紙を持ってカウンターに来た。

民夫は記入された内容を見て、

「一部記載と全部事項記載と個人事項記載のどれになさいますか。料金が違ってきますけど」

老人は考えていたが、

「よく分からないんで、全部記載というのでお願いします」

民夫はパソコンで戸籍謄本全部事項記載を打ち出した。老人は小さな巾着《きんちゃく》型の小銭入れに釣銭を入れ、民夫はおつりとレシートを返した。そして、戸籍謄本全部事項記載を改めて見て、「えっ？」というような表情を浮かべた。

民夫は老人が戸籍謄本を手にしたままなかなか仕舞わないのを見て、訊《き》いた。

「封筒ご利用ですか」

老人は顔の前で手を小さく左右に振り、

「いや」

と言って、何十年使っているのか分からないくらい古い布製の肩掛けバッグのジッパーを開けた。

民夫は自分の席に戻った。だが老人はその場を立ち去らず、手にした戸籍謄本を見つめたままその場に突っ立っている。その場にいた職員のすべてが、勤務時間規定通りに、さっさと帰りたいと思っていた。

民夫は、対応した人間として、老人を追い出さなければならなかった。

「どうなさいました？」

老人は民夫の声が聞こえないのか突っ立ったままだ。

民夫は抑揚《よくよう》のない声で早口に、だがもしかしたら耳が遠いその老人に、もう一度はっきりと言った。

「どうかなさいましたか？」

老人は、意外なリアクションをしてきた。彼は、今しがた民夫に手渡された戸籍謄本を、民夫に見せた。

「？」

民夫はそれを見た。ただの戸籍謄本である。

老人がある個所を指さした。

「ウチの奴の名前のところが……」

民夫は老人が指さした場所を見つめた。

「あっ」と声こそ出さなかったが、民夫の顔色が変わった。

老人が言った。

「当たり前か」

「……すみません」

「いや、あなたが悪い訳じゃないよ。こうしとかなきゃ、分からないよな。悪かったね」

老人はそう言うと、戸籍謄本を折り畳んでバッグに入れてジッパーを閉め、民夫に軽く手刀を切るように挨拶して、去っていった。

民夫は、老人の背中を見送った。

その時フロアにいた職員は誰も、民夫と老人が何について語っていたのか、興味などない様子だった。


翌日の昼。

職員食堂で民夫が焼きサバ定食を食べていると、向かいにカレーライスを載せたトレーを持った足立桃子が座った。

桃子は相変わらず髪をハイトーン&グリーンに染めていたが、以前よりもその髪は少し長めになっていて、しかも毛先を少し遊ばせており、化粧も少しだけ濃いめになっていた。依然として勤務中でも私用でスマホをいじる時があり、部下の指導にまったく熱心でない鍋島にでさえ時々遠回しに注意されていたが、本人は「あ、すいません」と全く反省の気持ちのこもらない早口ですぐ謝るものの、一向にその勤務態度を改める気配はなかった。

民夫はこの桃子とは仕事以外でほとんど口をきいたことがなかった。いや、桃子にかぎらず他の女性職員ともほとんど口をきいたことがないのだが。

民夫は他に空いている席がいくらでもあるのにわざわざ自分の向かいに座った桃子の

ことを意外そうにチラと見たが、さして気にするでもなく、定食を食べ始めた。

「昨日のおじいちゃん、どうしたんですか」

桃子が唐突に訊いてきた。

「えっ？　ああ……あの人ね」

実は、民夫は昨日の夕方以来ずっとあの老人――戸籍謄本を取りに来た男性――のことを考えていたので、桃子がくだんの老人のことを訊いてきたことに少なからずたじろいだ。この娘はひょっとして他人の心が読めるのか？　もちろん、そんなはずはなかった。

「戸籍謄本のさ……あのおじいちゃんの奥さんの名前に朱線が引いてあったんだ。しかも、つい、この間の日付で」

戸籍謄本では、亡くなった人の名前に赤い線が引かれる。パソコンで打ち出してプリンターで印刷されるから、まったくの人工的な赤い直線が死亡した人の名前の上に無機質に印字されるのである。

民夫は言葉を続けた。

「それが、お爺《じい》さんにしてみたら、凄くショックだったんだろうな。自分の奥さんが死んだことは分かっていても」

桃子もカレーには手を付けないまま、つぶやいた。

「赤い線一本で、世界から消されたような感じかな」

「今まで数えきれないくらい死亡届も処理してきたし、何千枚も戸籍謄本を人に渡してきたけど、そんなこと何も考えてなかったな」

民夫はそう言ったまま、箸《はし》が止まっていた。

「あの……笑わないでくださいね」

桃子が言った。

「え？」

「おととい、二十年生きた猫が死んだんです」

民夫は、言葉が返せずに、桃子の顔を見つめた。桃子は一瞬だけ民夫の視線を受け止めたのち、目を伏せた。そして、淡々とした口調で言った。

「赤西さんのワンちゃんも、うちの猫もきっと虹の橋の向こうで待ってますよ」

桃子は、うつむき加減で笑みを浮かべ、カレーをスプーンですくい、パクパクと食べ始めた。

民夫は、自分の瞳が潤《うる》みかけているのが分かったので、慌てて視線を逸《そ》らし、焼きサバとご飯を食べ始めた。

2

民夫が和泉先生のカウンセリングを受けるようになって半年近くが経っていた。

悲嘆と後悔と絶望の言葉を繰り返していた頃とは違い、最近の民夫の表情は生気を帯びてしっかりしていた。一時間のカウンセリングの中でも、和泉先生とは世間話的な会話をしている時間がほとんどになっていた。そして、それは民夫にとって良い傾向だった。

このあいだ役所で遭遇した老人の逸話や職場の同僚の足立桃子の話などをする民夫の表情は、落ち着いて安定しているように見えた。

「赤西さん」

「はい」

「正直言ってわたしには赤西さんの本当の心の奥の奥までは分かりませんし、〝元気〟とかいう言葉はやすやすと使っちゃいけないとは思うんですけど……なにか、最近は少し元気がでてきたんじゃないですか？　少なくともこうしてお話ししていると、とても調子が上向いてきてるように思うんですけど」

いつもは、誰かに「元気そう」と言われるたびに、元気なものかと不快になり、「なにも分かっちゃいないんだな、世間の能天気な連中は」と心の中で毒づいていた。このカウンセリングでも和泉にそう話していた民夫だが、今日、和泉先生にそう言われたことは不愉快ではなかった。

「そうですか。そうかもしれないです」

民夫は、照れたように微笑した。

「和泉先生はいつも僕に『自分を好きになってください。自分を大切にしてください』と言ってましたよね」

「はい、言いました」

「その意味が、だんだん分かって来た気がするんです」

和泉先生は、わくわくした顔で身を乗り出してきた。

「どんなふうに？」

「少しだけかもしれないけど、他人《ひと》の悲しみを感じられる人間になれたのかな、って」

和泉先生は柔らかい表情でふむふむと小さく頷いた。

民夫は言葉を続けた。

「ハウを失ったことはとてつもなく悲しいです。でも僕は、自分が自分の人生をどう生きるか、そのことに正面から向き合わないといけない。そう思えて来たんです。今自分がいる場所をきちんと認識して、自分が直面している現実に向き合わない限り、僕は苦しみから抜け出すことはできないんじゃないか、って」

「そうですか。それを聞けて、わたしも嬉《うれ》しいです」

「いや、またすぐ落ち込むかもしれませんけど。とりあえず、朝起きるのが前ほど辛《つら》くないです」

和泉は心からの笑みを浮かべて言った。

「よかった」

「はい」

民夫は、続いて、調子づいた言葉を口にした。

「ちなみに……先生って独身ですよね」

和泉が一人で暮らしているらしいことは分かっているが、独身、もしくは彼氏がいるかどうかはまだ確認できていなかったが、この際、はっきりと聞いておきたかった。

「えっ」

「すいません。僕、頭がどうかしてるんです」

「独身ですよ」

和泉は、それがどうかしましたか、というように小首をかしげてあいまいに微笑んだ。

民夫は、しどろもどろになった。

「いえ、あの、その、単純に野次馬的興味で。先生も前に僕と昔の彼女のなれそめみたいなことを聞きましたよね、カウンセリングとは関係なく。ね？」

「そうでしたね。単純に野次馬的な興味で、伺いましたね」

民夫は、残りのカウンセリングの時間に、最近ＢＳチャンネルで観た映画の話をした。

それは、小津安二郎《おづやすじろう》監督の『東京物語』という作品だった。

第九章　奇跡

1

ハウは舗装されていない森の道を歩いていた。

その日は片側二車線の広くて交通量の多い道をずっと歩いてきたが、大型トラックが轟音《ごうおん》を響かせて行き来するアスファルトの道にハウの体力も精神力も削られていた。やがて二車線道路は片側一車線の山道となり、その先に未舗装の細い脇道が現れ、その方角から確かにとうちゃんの「ハウ」という声が聞こえてきた。ハウはその声に導かれるままに森の道へ入ったのだった。

だが、森の道は険しく、アスファルトの地面と同じくらいにハウの足の肉球を傷めつけた。その上、道は長い上り坂で、そこから少し下ってまた上り下りを繰り返した。

途中までは自動車の轍《わだち》があり、その轍が消えて急に道が細くなる場所に、看板が立っていた。ハウには読めないが、こう書いてあった。

『この山に犬を捨てないでください。野犬となった犬たちは危険なので捕獲し最悪の場合処分します。重ねてお願いします。大切な家族を捨てないでください。山辺町役場』

ハウはその看板の横を通り過ぎ、細い道の先へと歩いて行った。方向は間違っていない、とうちゃんの声が聞こえた方向は、間違っていない、と。

ハウは山の緑の奥の奥へと迷い込んでいた。もうコンビニもないし、ひと気もない。餌をめぐんでくれる人もいないし、残飯にもありつきようもなかった。

それでも小川や石清水《いわしみず》で喉《のど》を潤《うるお》しながら、ハウは道ともいえない道を進み続けた。その小川も、もう半日ほど見当たらず、ハウの喉は焼け付くように渇いていた。

木漏れ日が薄まり、やがて西の空が赤く染まり、日が落ちた。満月の明かりがかろうじてあたりの情景をおぼろげに照らす中、ハウはひたすら歩いた。この道に迷い込んでからというもの、一人の人間にも出会わなかった。もう、そこは獣道だった。ただ茂みの中を、ハウは歩いた。歩くしかなかった。この先に、人間が作った道が現れるまで。

野犬が吠《ほ》える声が聞こえてきた。一匹ではない、数匹の野犬の遠吠えだった。ハウは歩き続けた。ここで身体を休めたら、あの遠吠えの主《ぬし》たちに襲われ、殺される。そう感じていた。

不意に、茂みの向こうに、生き物の気配を感じた。トカゲやヘビではない、熱を持った動物の気配だった。

何者かがこちらを見ている。

闇の中で小さな二つの光がポッと浮かび上がるように現れた。青白い月明かりを反射した動物の瞳だ。野犬だった。それも、ハウよりもずっと大きなシベリアン・ハスキー系雑種の大型犬だった。

野犬は、じっとハウを見つめていた。犬が人間以外の相手の目を見るのは、臨戦態勢にあることを示している。

ハウも見つめ返した。ハウは他の犬と戦ったことはない。だが、もし相手が攻撃してくるなら対応しなければならなかった。野犬には、近くに仲間がいるはずだった。先ほど聞こえた遠吠えからすると、少なくとも五匹以上はいるだろう。その犬たちが集まり、一斉に自分にとびかかってきても、ただでさえ体力を消耗しきっているハウに撃退する力はなかった。

その状態のまま、長い時間が経った。

突然、野犬が身構えた。

ハウにはどうすることもできなかった。目を逸《そ》らすべきか、あるいは逆に距離を縮めてみるか……。

野犬たちが新参者に出会ったときにどうするのか、仲間として迎え入れるのか、襲うのか。おそらく、強いものだけが迎え入れられるのだろう。

野犬が獰猛《どうもう》なうなり声を上げ始めた。

ハウは野犬を見つめたまま、ゆっくり後じさりをした。このまま逃げたら野犬は自分を追ってくるだろうか。

だが、野犬はハウの非好戦的なふるまいを好意的にとらえてくれた。

野犬は、ゆっくりと茂みの向こうに消えて行った。

ハウはその場に横になって休んだ。だが、一睡もできなかった。

朝が来た。ハウはまた歩き始めた。まだ、ぎりぎりの体力が残っていた。

獣道さえなくなり、茂みを下ってゆくと、道に出た。未舗装だが、自動車の轍があった。

2

ハウは森の中の細道を歩いていた。もう丸二日近く、何も食べていなかった。

それでも歩かなければならない。森の中にいれば死ぬしかない、そう感じていた。

日が傾き始め、西の空が徐々にオレンジ色に染まる頃。

遠くから、ハウには聞き覚えのない音が聞こえて来た。それは西洋の鐘の音だった。

ハウは立ち止まり、音がしてくる方へ耳をそばだてた。自分が今歩いている細道の向こうからそれは聞こえてきた。ハウは最後の気力を振り絞って歩いた。すると、未舗装ではあるが、自動車の轍がある少しだけ広い——といっても幅四メートルたらずだが——道に出た。

両側が森の緑に囲まれた道で、あたりにひと気はない。ハウは歩いた。右へ左へと曲がりくねったその道を進んでゆくと、突然、目の前に視界が開けた。

それは、こんな日本の田舎に似つかわしくない瀟洒《しょうしゃ》な洋風建築で、建物の上部には十字架を戴《いただ》いた鐘塔《しょうとう》があった。さきほどから聞こえてきたのはカトリックの〝お告げの鐘〟だった。

建物の周りには手入れの行き届いた庭や畑が広がっていた。そこには修道服を着た女性たちがいて、まるで絵画の中の人たちのように、皆その場で動かず、胸の前で手を合わせ、神に祈りをささげていた。男性の姿はなく、一般の人の姿もなかった。

そこは、女子修道院だった。

ハウがよろよろと進んでいくと、彼女たちはその場で止まったまま、視線をハウに向けてきた。ハウはさながら、絵画の中に迷い込んだ犬のようだった。ハウはチェス盤の上に立つ駒《こま》の間を縫うように、彼女たちの間を歩いた。

修道女たちはハウに気づいていたが、そのまま祈りを続けている。

鐘の音が止むと、彼女たちは魔法から解かれたように動き出し、畑仕事を続けたり干した洗濯物を取り込んだりし始めた。そして、彼女たちはそうして手を動かしながらも、ハウに目をやり、互いに視線を交わした。

修道女たちは最初、野犬が迷い込んできた、あるいは餌を求めてやってきたのかと思った。下手《へた》をすれば人間に襲い掛かる野犬もいる。しかし、ハウを見て、彼女たちはそうでないと気付いた。ハウは痩せて汚れてはいたが、どこかおっとりとした、人間を安心させる雰囲気があった。

ハウは修道女たちの丁度真ん中あたりの位置にお座りした。

その場にいた者の中でもっとも修道生活が長い、つまり先輩格であるシスター市川《いちかわ》がハウに近づいて、顔を覗《のぞ》き込んだ。

「あなた、どこから来たの？」

そういってハウの頭を撫《な》でた。

ハウはいつものかすれた声で「ハウッ」とひと声鳴き、ただ大人しく頭を撫でられていた。

シスター市川がハウに話しかけたのをきっかけに、実はこの来訪者が気になっていた他のシスターたちもハウの周りに集まってきた。

「首輪もないし、捨てられたのかしら」

年齢は五十歳と一番上だが修道女歴はそれほど長くないシスター黒沢《くろさわ》が、この迷い犬を憐《あわ》れむように言った。

建物の中から、二十代半ばくらいの見習い修道女が空《から》の洗濯籠《かご》をいくつか重ねて持って出てきた。

ハウは、その見習い修道女を見ると、突然彼女の方に走っていった。ハウは、彼女の足に身体を擦《こす》りつけると、歓喜したようにその場でグルグル回り、尻尾《しっぽ》を振って「ハウ！　ハウ！」と鳴いた。

「えっ、どこの犬ですかこのひと……可愛い」

「めぐみさんのことが好きみたいね」

シスター市川が言った。

めぐみと呼ばれた見習い修道女は自分に身体を擦りつけてくるハウを見て微笑《ほほえ》んでいる。

「でもこのコ、声が出ないのね」

シスター黒沢が不憫《ふびん》そうにハウを見下ろしている。他のシスターたちもシスター黒沢に同意するように、切なげな顔でハウを見ていた。その中で、シスター小野《おの》はまったく憐《あわれ》みの表情を浮かべずに、まるでこの世のすべてのマイナス要素を帳消しにできる万能な言葉を、さほど信心深くない人にとっては多少お仕着せがましいと受け取られるかもしれない言葉を、快活な笑顔とともに発した。

「選ばれた犬なんだわ、きっと」

シスター小野のひとことで、その場の空気はわざとらしく一変し、みんなは和《やわ》らいだ笑顔でハウを取り囲んだ。

ハウは、依然としてめぐみに身体を擦りつけていた。

めぐみは戸惑いながらも、両手にもった洗濯籠を下に置き、ハウの頭を撫でた。そして、ハウの何かを訴えかけてくるような目を見つめ、ハッとなった。

「あなた……ひょっとして、ラッキー？」

とめぐみはハウに言った。

「ハウッ！」

ハウが勢いよく尻尾を振りながら答えた。

「ラッキーって何？」

シスター黒沢がめぐみに訊《たず》ねた。

「あ……なんでもないです」

めぐみはハウから目を逸《そ》らし、その場から離れようとした。だがハウはめぐみにぴったりと寄り添っていた。

「わたし犬、苦手なんです。子供のころ噛《か》まれたことがあるし」

それは嘘《うそ》だったが、他のシスターたちはめぐみの言葉を真に受け、ハウからめぐみをブロックするようにハウをとり囲んだ。そして、ハウの機嫌を取るように頭を撫でたり、「利口そうなイヌね」「かわいい顔をしてる」などと言い合った。

すると、修道院の建物の二階の窓から、おそらく七十歳を越えたくらいの修道女が顔を出した。マザーだった。

「どうかしましたか？」

シスター市川たちは、ハウの身体を洗った。

もちろん、野良犬を修道院の浴室に入れるわけにはいかない。ハウは屋外で無香料無《む》添加《てんか》の石鹼《せっけん》――ハウにとって無香料石鹼はありがたかった――を使って丁寧にきれいにしてもらった。

そうすると、ハウは見違えるようなきれいな毛並みが戻り、利口そうな顔立ちもあって、さらにシスターたちにもてはやされることとなった。

そして、ハウは中庭に面した炊事場《すいじば》の外に連れていかれ、餌を貰《もら》った。野菜やご飯をまぜた何の味もついていないものだったが、ハウにはごちそうだった。

最初、ハウはやはり、器を目の前に置かれても食べなかった。

「お食べなさい」

シスター市川に言われて初めて、すごい勢いでそれを平らげ、用意された水をあっという間に飲み尽くした。

「誰かに飼われてきちんと躾《しつ》けられてたのね」

シスター黒沢が言うと、シスター小野が何の悪気もなく、

「このひとは生まれつき賢くて品のある犬だったんだと思いますきっと」

と言い、先輩のシスター黒沢を少しむっとさせた。

シスターたちとハウの様子を、離れたところからめぐみが見ていた。ハウは、クーと喉を鳴らしてめぐみの方へ近づきたがっている様子だったが、めぐみから避けられていると感じて、あえて彼女の側《そば》には寄らなかった。

3

きれいにしてもらったハウは、修道院の中を自由に歩き回ることができた。

マザーはハウをここで飼ってもいいともいけないとも言っていない。つまり見て見ぬふりをしているので、ハウはいわば空気と同じ存在だった。院内でおおっぴらに愛玩《あいがん》したりして修道女本来の務めである祈りや労働の妨《さまた》げになってはいけないが、あえて追い出すこともしない。死なせるわけにはいかないので餌は朝夕に人間が食べているものを与えてもらっていた。もちろん、塩分は抜きである。

ハウは、もしそれが可能であるならば、自分はしばらくここへ留まることになるだろ

うと感じていた。身体を休め、栄養を蓄え、休息をとって体力を回復させなければ、これからも続く長い旅に耐えられないだろう……今までの旅の中で学んだことだった。

院内の廊下を歩いていたハウは、バターの良い香りに誘われ、その広い部屋に入っていった。

大勢の修道女が立ち働いていた。そこは菓子工房だった。

この修道院では、クッキーを作り、ネットや地元の道の駅などで販売して教会の運営資金にしていた。

修道女たちが黙々と生地を練《ね》り、型抜きして、オーブンでクッキーを焼いている。さらに焼きあがったクッキーを包装して、工場の隅に積み上げていた。

ハウは、工房の隅でそれをおとなしく見ていた。ハウがお菓子に手を出したり自分からねだったりする犬でないことはみな知っているので、何も言わない。

シスター小野が、他の人に見えないように、こっそりハウにクッキーをやった。

誰も気づいていない、と思いきや、ハウがクッキーを噛む音が静かな作業所内にポリポリと響いてしまい、シスター小野は慌てた。

他のシスターたちは苦笑し、見て見ぬふりをしている。

そこへマザーがやってきた。皆は緊張した。

マザーはクッキーを呑み込むハウを見てから修道女たちに、淡々とした口調で言った。

「作業所の中は食べ物を扱っているのですから、あくまで衛生面に気をつけてくださいね。虫や生き物が室内に入らないように」

それだけ言うと、マザーは部屋を出て行った。

シスター黒沢が、ハウを手招きし、作業場の外へ誘導した。この一件はそれ以上の騒ぎにはならなかった。

ハウが作業場から廊下に出ると、そこへ修道女見習いのめぐみが、クッキーの材料の小麦やバターを台車に載せてやってきた。ハウはもうめぐみにまとわりつかない。ただ、悲しげな目でめぐみを見ているだけである。

めぐみはハウから目を逸らしたままだった。

4

礼拝堂《れいはいどう》では、神父を中心にしてミサが行われていた。

女子修道院は基本的に男子禁制なのだが、ミサの時は教区の神父たちが交代で外からやってくるのである。

ハウも、礼拝堂の隅におとなしく座って、ミサに参加していた。

めぐみは祈りに集中できない様子で、ハウをチラチラと見ていた。

礼拝堂の隅に懺悔室《ざんげ》はあった。

ミサが終わり、皆がその場から去った後、めぐみは懺悔室に入った。

そこには千鳥格子《ちどりごうし》を隔《へだ》てて、神父がいた。

めぐみと神父がほとんど同時に言う。

「父と子と聖霊の御名《みな》によって。アーメン」

そして神父は言った。神父は格子の向こうの女性が、数か月前にこの修道院にやってきた見習い修道女ということを知っていた。正式な修道女《シスター》となることは簡単なことではない。まずはカトリックの洗礼を受けていることが第一条件だった。これについては、めぐみは実家がカトリックであり、幼い時に洗礼を受けていたから問題はなかった。さらに、志願者は少なくとも二年間は修業期間として修道生活を送り、最終的に『貞潔《ていけつ》』『清貧《せいひん》』『従順《じゅうじゅん》』の約束を自ら神に誓うことが必要だった。神父はそれまでの経験から、この若い女性が〝本気〟であると感じていた。ここへ来るまでの彼女が、必ずしも褒められた生き方をしてきたわけではないことは、マザーから聞かされていた。だが、法に触れず罪も犯さず生きてきたものが必ずしも修道生活に順応できるわけではない。要は、本人に、「神に仕える」というある種、愚直で頑《かたく》なな意思が備わっているかどうかだった。この女性にはそれがある、と神父は感じていた。

「神のいつくしみを信頼してあなたの罪を告白してください」

「バチが、当たりました」

ボキャブラリーに乏しいめぐみは最初、そう言うのが精一杯だった。

神父は穏やかな口調で促した。

「うまく話せなくてもいいから、くわしく話してください」

「ここへ来る前のことです。わたし、とても悪いことをしてしまったんです」

5

二年前のことだった。

めぐみは、一緒に住んでいた二歳年上のトシと横浜の街をぶらついている時、何の気なしに入ったペットショップで一匹の子犬にめぐりあった。

すやすやと眠っていた白い子犬は、めぐみがケージを覗《のぞ》き込むと目を覚まし、ワンとひと声鳴いて尻尾を振った。人懐っこい感じの犬だった。

「ヒャーかわいい！　ねえトシ、この子めっちゃカワイイよ。人形みたいにカワイイよ」

トシもケージを覗き込んだ。

「人形みたいっつうか、それを言うなら『ぬいぐるみみたいに可愛い』の間違いじゃね？」

トシはめぐみの頭を小突いて笑った。その俊彦《としひこ》の腕にはドクロと般若《はんにゃ》のタトゥーがアンバランスな大きさで入っていた。酒を飲んでいるわけでもないのに目は充血気味で、いつも片端を釣り上げているうちに本当に曲がってしまった口元には大小のピアスがこれまたアンバランスに入っていた。

「めっちゃカワイイ、めっちゃカワイイ、うち、こんな犬欲しかったマジで」

「じゃ、買ってやるよ」

「マジ？　トシ優しい！」

トシは店員を怒鳴りつけるように呼んだ。

「ちょっと！　これ、ください！」

セール中だったのと、その子犬が子犬と呼べるギリギリまで成長していたのでさらにディスカウントされて、ハーネスとリードがついて七万五千円だった。ケージにあった札には『犬種ラブラドゥードル　生後2か月の男の子』とあったがそれは嘘で実際は四か月だった。

ケージから出された子犬を抱いためぐみが素《す》っ頓狂《とんきょう》な声をあげた。

「うそ、でかい！　あったかい！」

「あたりめえだろ、生きてんだから」

めぐみはそう言って、すぐ床に下ろした。そして、子犬の瞳を覗き込んで言った。

「重い、持てない」

トシは七万五千円のその犬をカード三十回払いで買った。

「運命だね」

めぐみが犬を抱きしめながら言った。

「ねえ、名前とかどうする？」

トシがめんどくさそうに言った。

「うーん……ラッキーとかでいいんじゃね」

こうしてこの犬は、皮肉にも『幸運』という名前を与えられた。

　トシとめぐみが住んでいるのは川崎の麻生区《あさお》にある古い小さな借家だった。古い2Kの平屋でマンションやアパートよりも家賃が安く、家の前が未舗装の砂利道で、そこにタダで車を置くことができた。トシの車は何度も事故っている中古の白いシルビアで、シャコタンにした車体は地面すれすれに走り、マフラーはバババババという世間一般の人たちからしたらやけに不快な爆音を発した。

子犬とはいえ生後四か月のラブラドゥードルは大きく、しかも、一日ごとにその身体は大きくなっていった。

狭い家の中で、ラッキーはめぐみにじゃれつき、ワンワンと吠《ほ》えた。賢く、無駄鳴きする犬ではなかったが、それでも近所に住む人から何度か苦情が来た。

「うるせえなぁ。吠えんなよ。大家にバレたらヤバイからよ」

トシは毎日のように舌打ちしながら怒鳴った。

幸い、大家は隣町に住んでおり、家賃もめぐみが毎月届けるので、ご近所から直接大家に苦情が行くこともなかったが、昼間解体屋で働いている――といっても仕事をサボり気味だったが――トシは、ラッキーの鳴き声にひどく苛《いら》ついた。

「俺はよう、昼間めちゃくちゃ働いて疲れてんだからよ」

「……ごめんね、トシ」

「吠えないようにする手術とか、あるらしいじゃん」

「えっ」

トシがこともなげに言った。

「なぁ、めぐみ。病院に連れてけば簡単にやってもらえるらしいぜ」

めぐみはトシの提案に気乗りはしなかったが、トシに言われたらそうするしかない。

彼女は、常に男に暴力で支配されているわけではなかった――といっても彼女が付き合う男は大抵女を躊躇《ちゅうちょ》せず殴る人種だった——が、男の言うことに一切逆らえない女だった。

「お前やってこいよ」

トシはこともなげに言った。

「車、使っていいからよ」

トシは動物病院についてゆく気はないようだった。

「俺、仕事あるし」

嘘だった。最近のトシは仕事に行くと言って家を出るが、不良友達と遊んだりパチスロをしているだけだった。

めぐみは、貧乏くさい爆音をとどろかせるシャコタン車のハンドルを握り、一人でラッキーを動物病院に連れてゆき、声帯除去手術を受けさせた。

手術の前に医師から、

「うちでは無駄吠えをするとか躾《しつけ》を全く受け付けないとか、どうしてもという場合に限って手術をお引き受けしています。ケースによっては、犬にとってもその方が幸せと思える場合のみです」

と、詳しく説明があった。ラッキーは無駄吠えもしないし利口な犬だったが、最初か

ら選択肢のなかっためぐみは、

「ほんとにマジでもうどうしようもないんで」

と手術を頼んだ。

手術を終えたラッキーとめぐみが家に帰ると、トシはもう帰宅していて、缶チューハイを飲みながらバイオハザードをしていた。

「おう、済んだ？」

「うん」

「どんな感じ？　ラッキー、鳴いてみ？　オラ、ワンワンって」

トシがラッキーを挑発するように襲い掛かるようなポーズをとった。

ラッキーは尻尾を振りながら吠えてみせた。怒って吠えたというより、遊んでもらえると思ったのである。

ラッキーの声は、「ハウ、ハウ」とかすれたような声になっていた。

「おっ、いいじゃん。なんでもっと早くやんなかったんだよ」

めぐみは黙ってラッキーの顎《あご》から喉にかけてを撫でた。ラッキーは無邪気な表情でめぐみの手を舐《な》めた。

数週間後。ラッキーはすでに完全に成犬並みの体格に成長していた。室内飼いを続けるには、めぐみとトシの部屋は狭すぎた。

「ラッキー、どんどんおっきくなるね」

めぐみは単純にラッキーの成長の早さに目をみはって言ったにすぎないが、トシにはそれを都合よくネガティブな意味にとらえた。

「こんなになるかフツー。こんなでかくなると思ってなかったマジで」

「うん。でも大人しいし、利口だからこの子」

「俺仕事、変わるから」

トシがゲームをしながら唐突に言った。

「えっ……今度はどんな仕事」

「今度？　今度は、って何それ」

「あ、ごめん……トシが決めたんならいいと思う」

めぐみはトシが機嫌を損ねないように笑顔で訊《たず》ねた。

「どんな仕事？」

「んー、栃木で健康食品のセールス。ガンとか治しちゃうキノコの粉。すんげえ給料いいし。タトゥーはNGだから、ピアス外して背広マン。アオキでスーツ買わなきゃ」

「栃木……ラッキーが飼える家、借りられるかもね、栃木なら」

「いや、無理っしょ。宇都宮《うつのみや》ってさぁ、それなりに都会なんじゃね。でかい犬飼えるマンションとかは家賃高《た》けえし、きっと」

「えっ……」

トシとめぐみの車の後ろに乗せられた時、ラッキーはめぐみの様子がいつもとはどこか違うと感じていた。トシは相変わらずの調子だが、めぐみの目が微《かす》かに潤《うる》んでいるように見えた。ラッキーにはこれから自分の身に起こることは予想できない。落ち着かない気分のまま、ただ、運命を受け入れるしかなかった。

トシは市境を越えて川崎から横浜へ向かった。そして、あらかじめスマホでチェックしていたその施設の前に着いた。

そこには横浜市内、とある区の動物愛護センターだった。

トシは愛護センターの建物の少し手前で車を降り、ラッキーを下ろした。さすがに今日は、めぐみに「お前、ひとりでやってこい」とは言わなかった。

トシとめぐみは愛護センターの前にあった電柱に、ラッキーのリードをしっかり結わえつけた。

「いい人に貰ってもらいな」

めぐみは言って、ラッキーの頭を撫でて、目を潤ませた。

ラッキーは切なげに、かすれた声で「ハウ」と鳴き、めぐみの鼻の頭を舐めた。

めぐみはラッキーを抱きしめた。

トシは、めぐみが泣き出しでもしたら面倒だと思い、苛《いら》ついた声で言った。

「行くぞオラ、めぐみ」

「うん……」

めぐみは、心を残したまま立ち上がった。そして人間二人は、逃げるようにその場を走り去った。

途中、車に乗り込む前にめぐみがラッキーを振り返った。

ラッキーは半ば自分の運命を悟り、めぐみをじっと見つめてひと声だけ、「ハウ」と鳴いた。

トシとめぐみは車に乗り込み、去っていった。

ラッキーは最後まで二人を見送っていたが、もう鳴かなかった。

6

めぐみは懺悔室でそこまでを、つたない言葉で神父に語った。

「あの犬、捨てたラッキーにそっくりなんです。声が出ないところまで。それに、あの子がここで初めてわたしを見た時の様子が……普通じゃなかった。あの子はラッキーです」

興奮しためぐみの気持ちを鎮《しず》めるように神父が落ち着いた声で言った。

「めぐみさん。少し冷静に考えてみましょう。神奈川で別れた犬がこの茨城の山の中へ来ますか？　似たような犬で声帯手術を受けた犬は一杯いるでしょう」

「……」

めぐみは何も言い返せなかった。神父の言葉に納得して自分の気持ちを楽にしたくもあったが、あの犬はラッキーに違いない、という確信はやはり揺らがなかった。

「あなたの罪の意識がそう思わせているのかもしれません」

神父は、この修道女見習いの女がどういう事情でここへ来たのか、だいたいのことをマザーから聞かされていた。パートナーの暴力に耐えかねて逃げたが、相手は執拗《しつよう》にめぐみの居場所を突き止めて付け回した。そして、最後の頼みの綱とばかりにここへ来たのだ。彼女はそれまでの人生でも、付き合う男付き合う男から同じような扱いを受け続けてきたという。彼女がここで生まれ変わりたいという気持ちに偽《いつわ》りはないだろう。だからこそ、神父はこの女性に、良き修道女、他の者の手本となるシスターに成長して欲しいと思っていた。

めぐみは少し落ち着きを取り戻したらしく、しっかりした口調で言った。

「あのワンコ、ここへ来た時からわたしに懐いてました。わたしが昔ひどいことをしたのに」

「めぐみさん、あなたはすでに許されています」

「神父様……わたしがしたことは、簡単に許されてはいけないと思います」

めぐみは、彼女が自分で思っているほど愚鈍《ぐどん》ではなかった。ただ、付き合った男のもとでは、なぜか馬鹿な女になってしまうだけだった。その点に関しては確かに愚かな人間だった。

「あなたはものを盗んだり、人を殺《あや》めたわけではないのですよ」

神父はもう一度、言った。

「あなたはすでに、許されています」

めぐみは実のところ、神に許しを乞うために懺悔室に入ったわけではなかった。秘密を守れる相手、つまり神父に話を聞いてほしかっただけなのだ。だから、ここでの彼女の目的はだいたい達成できた。

「神の許しを求め、心から悔い改めの祈りを唱えてください」

めぐみはかたちだけ、祈りの言葉を発した。

それを聞いた神父は、最後の仕上げにかかった。

「全能の神、あわれみ深い父は、御子《みこ》キリストの死と復活によって世をご自分に立ち返らせ、罪の許しの為に聖霊を注がれました。神が教会の奉仕の務めを通して、あなたに許しと平和を与えてくださいますように。私は、父と子と聖霊の御名によって、あなたの罪を許します」

「アーメン」

めぐみは言った。

「これで終わります」

神父は言った。

神父はめぐみの思い込みの強さにやや辟易《へきえき》気味だったが、すぐにそのようなことを思ってはいけないと自分を戒《いまし》め、そっと神に許しを乞うた。

いずれにせよ、神父は、犬に関してめぐみが語ったことは百パーセント彼女の思い込みであると疑わなかった。

そして真実はどうなのかといえば、ラッキーはハウだった。

とんでもない偶然によって、と同時に、それが神の意志であるならば、ある種運命の必然として、ハウはラッキーだった。

7

その日は、マザーの指示のもと、修道女たちは庭の手入れをしていた。ハウは彼女たちの傍《かたわ》らで、大人しくしていた。ハウはただ彼女たちの労働やミサを慎ましやかな態度で見ているのが仕事だった。

マザーがハウを見て言った。

「そろそろこの子にも名前を付けましょうか」

シスターたちの顔がパッと明るくなり、みな互いに目を合わせて、あからさまにならない程度に、マザーの手前ごく控えめに、喜びを表した。

シスター市川がハウに言った。

「あなたも元は名前があったんでしょうね」

「ハウ！」

ハウはいつもより元気よく、かすれた声で鳴いた。

するとシスター小野がハッとなり、まるで天の声が聞こえたというように言った。

「いま、『フランチェスコ』と答えた気がします」

みな、最初は「なにを言っているんだ」という顔をしたが、二秒と経たないうちに、ここはシスター小野のひらめきに乗っかろうという空気が広がった。

「わたしにも聞こえました」

シスター黒沢が調子を合わすと、他の誰もが「わたしにも聞こえました」「わたしも」「わたしも」「なんてことでしょう。わたしもです」と言い出した。

マザーは、威厳をもって宣言した。

「では、フランチェスコとしましょう」

皆が、今やフランチェスコという聖なる名前を戴いたハウを囲み、この修道院の正式なメンバーとなった一匹の愛くるしい瞳をした大型犬の身体を撫でまわした。

そんな様子を、めぐみだけは少し離れたところにいて見ていた。

ハウはめぐみの視線に気づいて尻尾を振ったが、めぐみはどうしようもない後ろめたさに慌てて目を逸《そ》らした。


その二日後、裁縫室の前の廊下で、ハウはシスター小野が縫った修道服を着せられた。それは修道女たちと同じ色とデザインで、ハウにとっては少々迷惑な話であったが、大人しく着させられていた。

「まあ、似合う！」

シスター黒沢が感嘆の声をあげると、他の修道女たちもハウをいっそうちやほやし、シスター市川はそのハウの姿を写真に撮り、ハウと一緒に自分たちも写真を撮った。

「順番が逆になるけど洗礼をうけさせなくては」

とシスター市川が言うと、その場の誰もが何の懐疑も示さず「そうね」「そうね」と強く同意した。

だが、この騒ぎには建物の中にいて様子を伺っていたマザーも、さすがにエスカレートしすぎだと判断したのか、厳しい表情で言った。

「みなさん、この子は修道士ではありません。犬です」

その一言で、修道女たちは、しゅんとなった。

シスター小野が残念そうに、ハウの修道服を脱がそうとすると、マザーは付け加えた。

「ま、その服はなかなか似合っているから良いとしましょう」

修道女たちは、ホッと安堵《あんど》の笑みを交わした。

と、その時、修道院のエントランスホールから荒々しい若い男の声が聞こえてきた。

「おら、めぐみをだせよ！　どこにいるんだよ、めぐみ！」

修道女たちに緊張が走った。

ハウは、男の声に反応し、お座りの体勢から身体を起こした。聞き覚えのある声だった。

シスターたちが、めぐみを見た。

「どうして分かったんだろう」

めぐみがつぶやいた。

「あなたは自分の部屋に戻っていなさい」

マザーはめぐみに言い残して、修道院のエントランスホールに向かった。他のシスターたちもマザーに続いた。

ハウはシスター小野の「フランチェスコはめぐみさんと一緒にいてあげて」という言葉に従ってめぐみのそばにピタリとついていた。

エントランスホールで大声を出していたのはトシだった。

以前よりもさらにその相貌が荒れて凶悪な目をしている。

「こっちはあいつの亭主なんだよ！　会う権利があるんだよ！」

年配のシスターたちが彼を取り囲み、なだめようとするが、相手の性別も年齢も関係なく暴力をふるいかねない雰囲気に、シスターたちの顔も蒼《あお》ざめていた。修道院内はミサのある日以外は司祭や神父など男性はいない。何かあればすぐに警察に連絡することもありうるが、仮に通報しても山の中まで警察が到着するまでにはだいぶん時間がかかる。

「場所をわきまえてください」

威厳を保ちながらも足早にやってきたマザーが一喝したが、トシは諫《いさ》めるような口調に猶更《なおさら》頭に血を上らせた。

「うるせえんだよ！　出さねえんなら、勝手に探させてもらうからよ」

凶暴なムードを発散させながらトシは周りを囲むシスターたちを押しのけて建物の中

へ進もうとした。

「トシ」

マザーから自室に戻っているように言われていためぐみが、トシの前に現れた。

「めぐみ……お前、こんなとこで何やってんだよ」

「めぐみさん、あなたは自分の部屋に戻っていなさい」

マザーに言われても、めぐみはその場を動かなかった。

「めぐみ、お前なに洗脳されてんだよ。目ぇ、さませよ、オラ」

「あたし、もともとカトリックだって知ってるじゃん」

「あ？　知らねえよそんなの。聞いたことねえぞ」

「あんたが聞いてなかっただけだよ」

めぐみは生後すぐに洗礼を受けているし、そのことはトシに何度も話していたが、トシは全く覚えていなかった。というよりはトシはめぐみの話などまともに聞いたことはなかった。彼らの関係は常に主人と仕える者で、トシはめぐみという奴隷をやさしく扱う主人にすぎなかった。ところが、彼は一年ほど前からめぐみに激しい暴力をふるうようになっていた。めぐみは、この半年の間だけでも顎と肋骨《ろっこつ》を骨折させられていた。

めぐみに駆け寄ろうとするトシの前に、シスターたちが立ちふさがった。

トシは彼女たちを腕ずくで押しのけ、シスターたちは尻餅《しりもち》をついた。

シスターの誰かが、

「今、警察に連絡しました！」

と言ったが、トシはひるむ様子もなく、むしろせせら笑うような表情を見せた。警察が到着するまでは数十分はかかるし、この山奥までマイカーでやってきたトシにもそのことは分かっていた。

「夫婦げんかに警察が入ってくるかよ」

トシが言うと、めぐみが間髪《かんはつ》入れずに返した。

「籍は入れてないよ」

「あ？　どうしたんだめぐみ、どうかしてっぞお前！」

「もうあんたの言うことなんかきかない。男の言うことなんかきかないよ」

トシはめぐみが言い終わらないうちに彼女を平手で殴った。そして、そのすぐ後に彼女を抱きしめた。そして、腕を引いて連れてゆこうとした。これまでのめぐみだったら、トシについていったかもしれない。修道院のマザーやシスターたちに迷惑をこれ以上かけるよりも自分がトシのもとに戻れば、修道院の静かな生活は保たれると思ったかもしれない。だが、今のめぐみは違った。めぐみは抵抗した。トシにとって初めてのめぐみの抵抗だった。

「なんでだよ！　お前は俺の言うことだけ聞いてればいいんだよ！　でないと、ここにいるオバハンたち全員ぶっ殺す！」

マザーは毅然《きぜん》としているが、他の修道女たちは恐怖に顔をこわばらせた。

めぐみの足元にはハウがいた。トシにはハウの姿など目に入っていないようだった。それほど彼は興奮状態にあり、そのボルテージの高さと凶暴性がシスターたちにも伝わり、彼女たちの勇気を削《そ》いでいた。シスターたちの中には、心の中では、めぐみにここから出て行ってほしいと願う者たちもいた。

「……分かった」

めぐみが言って、静かに涙を流した。

「分かりゃいいんだよ」

「めぐみさん、あなた本当のシスターになるんでしょ」

シスター市川が言った。

「うっせえクソババア」

トシがめぐみの腕を乱暴につかんだ瞬間、何か大きなものがトシとめぐみの間に飛び込んできた。

トシは「わっ」と一瞬、声を上げてのけぞった。

ハウだった。

「ハウ！　ハウ！」

ハウはかすれた声で必死にトシに向かって吠えかかった。

トシは、噛まれるのかと身構えた。そして、あろうことか、ハウが噛みついてこないと分かると、思い切りハウの腹を蹴り上げた。

だが、ハウは間一髪身体を浮かせて急所に一撃を受けることだけは回避した。

「トシ、この子、ラッキーだよ！」

めぐみが叫んだ。

トシは一瞬、めぐみが何を言っているのか分からなかった。彼は「ラッキー」というかつて飼っていた犬の名前さえ忘れていたので、めぐみの言葉を「この犬は幸運なんだよ」という意味でとらえた。いったい、この犬の何がどう幸運で、それが俺たちとどう関係があるんだ。

「あたしたちがペットショップで買って、おっきくなったら捨てた子」

シスターたちが、驚きの表情でめぐみを見た。修道女たちもまた、めぐみが発した言葉の意味が分からなかった。そして次に、このフランチェスコをかつてめぐみたちが一緒に暮らしていた犬に例え、この粗暴な男に何かを訴えようとしているのだろう、と思った。だが、めぐみのそばにピタリと寄り添うハウを見ているうちに、シスターたちはフランチェスコが祈りの鐘の音とともに最初にこの修道院にやってきた日のことを思い出した。あの時、フランチェスコがめぐみを見て狂喜しているあの様子、それに対するめぐみの放った「ラッキー?」という言葉……シスターたちは、信じられないことが起きているのかもしれない、と感じ始めていた。

「あ? 何それ」

トシはやっと自分たちが捨てた犬のことを思い出したのか、わずかに気まずさを見せながら、それがどうしたという冷たい視線をめぐみに向けていた。

「覚えてないの?」

「何言ってんだ。あの犬ならとっくにガスかなんかで処分されてっだろ」

ハウは、再びめぐみに近づこうとするトシの前に立ちはだかり、必死で吠えた。

「ハウ! ハウハウハウ!」

「……ぶっ殺すぞ」

トシは冷徹な目でハウを見下ろして言った。人間が動物に対して放つ言葉ではないが、トシはそれを恥ずかしげもなく口にできる人間だった。

ハウは、めぐみを守るように前に座り、口も閉じ、じっとトシを見ている。

「? ……」

その時はじめて、トシはハウの目をはっきりと見つめた。

トシの額にうっすら汗が浮かんでくる。この犬は、ほんとにあの犬なのか……まさか、そんなはずはない。だが、この顔、この声……やはり自分たちが捨てたあの犬のような気がする。トシが動揺したのは、目の前の犬に対する罪悪感ではなかった。ありえないことが起きている。生まれて初めて自分に降りかかった気味の悪い事態に、怖気《おぞけ》立ったのである。

「お前、なんでここにいるんだよ」

トシは、混乱した目でハウを見つめた。そして、普段使ったことのない脳みそをフル回転させて、「謎が解けたぞ」と言わんばかりの顔で噴き出すように笑った。

「めぐみよぉ、お前、あのあと保健所に戻ってワンコを引き取りにいってよ、誰か知り合いに預けてたのか」

「ちがうよ。ラッキーは生き延びて、自分からここに来たんだよ」

「分かったよ。もうどうでもいいよ」

トシは聞く耳を持たなかった。

「奇跡が起きたんだよ。ここは、奇跡が起きる場所なんだよ。あたしがあんたから逃げてここへ来たのも、全部神様の思《おぼ》し召しなんだよ」

「じゃ、この犬はなんでここに来たんだよ」

「あたしをあんたから守るため……」

その言葉にトシはなおさら激高《げっこう》した。

「ふざけんな！」

トシはめぐみの足元に伏せているハウを踏みつけようと腿《もも》を高く上げた。それを見ためぐみが叫んだ。

「やめて！ 分かった。あたし、トシと一緒に行く」

「めぐみさん、ダメです」

マザーはそう言ったが、めぐみの表情は諦《あきら》めのせいか、淡々としていた。

普段着に着替えて荷物を手に提《さ》げためぐみは、トシの車に乗り込んだ。

トシはすでに運転席にいて不機嫌そうに煙草を吹かしている。

「んじゃ、行くか」

トシは煙草をポイ捨てすると、中古の白いシルビアのアクセルをベタ踏みし、修道女たちには挨拶はおろか一瞥《いちべつ》もくれずに急発進して去って行った。

見送るマザーや修道女たちの顔には、怒り、悲しみ、悔しさ、落胆、およそここでの生活では見せたことのない表情が浮かんでいた。

マザーが言った。

「さ、各自の仕事に戻りましょう」

その時、修道女たちとともにめぐみを大人しく見送っていたハウが突然、めぐみを乗せた車に向かって走り出した。この修道院にボロボロの状態でたどり着いた時のあの犬とは思えない、放たれた矢のような走りだった。

急カーブが続く細い山道を、トシの車は乱暴に下ってゆく。

「めぐみぃ、俺がどうやってお前の居場所をつきとめたか分かるか？」

トシが言った。

「知らない」

めぐみは興味なさげに返したが、実は知りたかった。

だがトシはただ、ニヤリとして、

「ナメんなよ」

とだけ言った。

めぐみは、自分は結局はこいつから逃げることはできないのかもしれない、と思った。

「トシ、このあたりは道を知らない車が飛ばし過ぎるから、気を付けて」

「うるせえんだよ。こんなとこ走る車なんか他にいっかよ」

と、バックミラーに目をやったトシの表情が曇った。

「チッ」

舌打ちするトシの様子を見ためぐみが後ろを見た。ハウが全速力で追いかけてくる。

「ラッキー……」めぐみは窓から顔を出し、「ダメだよ、修道院に戻りなさい！　ラッキー、あそこがあんたのおうちなんだよ」

トシは、カーブの手前に差し掛かっているにもかかわらず、アクセルを踏み込んだ。車は大きく膨らんでガードレールにぶつかり、焦ったトシは反対方向に急ハンドルを切った。コントロールを失ったシルビアは道路わきの巨木の根元に激突した。車体の前方が大破しフロントガラスとドアガラスが粉々に砕け散ったが、エアバッグのお陰で二人は死を免れた。

めぐみはしばし放心状態だったがなんとかシートベルトを外し、車外へ這《は》い出た。運転席のトシはエアバッグの衝撃で失神していて、動かない。

エンジンルームから黒い煙が噴き出してきた。

トシは意識を取り戻したが、まだ朦朧《もうろう》としていた。

すると、ハウが運転席側の窓から車内に身体を入れ、トシの服をくわえて必死で引きずり出そうとした。

黒煙を吐き出していたエンジンルームが火を噴いた。オイルに引火したのだ。

「ラッキー！ ダメ、車から離れて！」

めぐみは叫んだが、ハウはあきらめる様子はなかった。

その時、修道院から要請を受けていたパトカーがやってきた。車から降りて来た二人の制服警官が、トシのシートベルトを外し、彼を車内から引きずり出した。

「あなたたちも車から離れて！」

警官が叫んだ。その場にへたり込んだままのめぐみの腕をハウが銜《くわ》え、引きずるようにして車から離れさせた。

車は爆発し火柱が上がった。めぐみとハウは無事だった。

トシも助かった。めぐみはあまりのことにしばし茫然《ぼうぜん》としていたが、やがて平静を取り戻すと、あまり要領を得ない言葉で警官たちにおおよその事情を話した。

まもなく救急車も到着し、トシはストレッチャーに乗せられ、車内に運び込まれた。

めぐみも同乗した。

その間トシは、ずっとハウを見ていた。

「お前……やっぱり、マジでラッキーなのか……」

救急隊員がめぐみに声をかけた。

「あの犬は、お宅の犬ですか？」

めぐみはどう答えてよいか分からなかった。

「ハウッ」

ハウがめぐみに向かって鳴いた。

「ラッキー、修道院に帰りなさい」

めぐみは無言で、救急車に乗り込んだ。

ハウはその場で、走ってゆく救急車を見送った。

8

晴れたおだやかな日だった。

夕方になり、めぐみやシスターたちはシーツや洗濯物をとりこんでいた。めぐみは、トシの回復を待ってから彼に別れを告げ、ここへ戻ってきたのだった。トシもめぐみを引き留めることをしなかった。なぜかめぐみへの執着が消えていた。自分が踏み殺そうとまで思った犬が自分の命を助けようとした。あの犬はいったい何なんだ？ めぐみが言うように本当に自分たちが捨てたラッキーなのか？ トシは自分の人生を振り返って反省するような人間ではなかったし、めぐみのような信仰心もなかったが、ある種の啓示を受けた実感があった。俺は、死んで生まれ変わったのかもしれない、と。彼は退院するとめぐみに今までのことを詫《わ》び、去って行った。

今、ハウはめぐみの傍らに大人しく座っていた。

シーツが大きくはためいた。

ハウは鼻先を空に向けて、風の匂いを嗅いだ。その時、「ハウ」と呼ぶ声が聞こえた。久しく聞いていなかったとうちゃんの声だった。

ハウは、立ち上がった。そして、いっそう風の匂いを感じようと、立ち上がり、クンクンと鼻を鳴らした。

めぐみは、ハウの異変を感じた。

ハウはめぐみを見てひと声、

「ハウ」

と鳴き、修道院の敷地の外へ向かって歩き、またまためぐみの元へ戻って来た。ハウはその動きを繰り返した。

「どうしたの? ラッキー」

ハウはめぐみの足に身体を擦《こす》り付けた。

めぐみは、ハウの修道服を脱がした。他のシスターたちが、めぐみとハウを見た。

修道服を脱いだハウは、シスターたちの間を走り回った。その場にいるすべての者たちが、それを悟り、静かにハウへ別れの視線を送った。

その時、鐘塔のお告げの鐘が鳴り始めた。

シスターたちは、仕事の手を止め、各自その場で動かずに手を合わせ、祈りを始めた。

それは、ハウが最初にここへやってきたときと同じ、絵画のようにすべての時間が止まったような光景だった。

ハウは鐘が鳴り響く中、森の中へと去って行った。

第十章　ワン・ステップ・フォワード

1

ハウは歩き続けた。もう、広い国道しか歩かなかった。なぜなら、そういう幹線道路には輸送トラックが走っており、トラックドライバーたちはドライブインやコンビニの前でハウに餌をくれるからだった。残飯を漁《あさ》るよりなにより、彼らから食料を貰《もら》うのが一番効率がよく、危ない目に遭うこともなかった。住宅街はなるべく避けた。痩せて薄汚れた大型犬は住宅街に現れたら住人たちに当然恐怖心を抱かせる。ハウは、そのことを学んでいた。

昼間はなるべく日陰で休み、体力を温存した。毛量が多いハウにとって、関東の秋はまだまだ暑い季節だった。ハウは、朝と夕方、そして夜に歩いた。もう、走ることはできなかった。今やハウの体力は十歳をとうにすぎた老犬ほどのそれに近かった。

ハウは長い旅路で養った感覚を頼りに、なるべく平坦《へいたん》地を選びながら茨城から千葉へ下り、ついには東京へ入った。

東京はこれまでの道のりの中でも最も厳しい場所だった。まず地方のように用水路や小川があるわけでもなく、水にありつくのは難しかった。餌を気軽にくれる長距離ドライバーも少なかった。

ほとんどすべての場所がアスファルトで覆われた東京の日中の暑さは、容赦《ようしゃ》がなかった。ハウは、体にはもう一滴の水分も残っていないような状態でありながら、長くて大きな舌を出し、その下の先から唾液を滴《したた》らせ、ハアハアと苦しく息をしながら、自分が帰るべき場所を目指して歩みを進めた。

しかし、東京にはたくさんの公園というものがあって、そこには必ず水飲み場があった。自分で蛇口《じゃぐち》をひねることはできなくても、水飲み場のそばでおとなしく伏《ふ》せっていれば、大きな犬を恐れない、それでいて気の利いた子供なら水を手ですくって飲ませてくれた。

そして、何より、東京は南北には短い、距離的には小さな街だった。ハウは東京と神奈川の境でもある多摩川を渡り、川崎へ入った。

2

民夫は、週末にはまた将棋クラブに通うようになっていた。

民夫の生活は依然としてハウを失った悲しみとともにあったが、それと同時に、一人で生きてゆく術《すべ》を少しだけ身に付け始めていた。それはハウと出会うまでの失意と孤独の時代とも、真里菜に出会うまえの一人でそれなりに生きていた自分の時代とも違う、一段ステップアップしたステージだった。

朝、区役所へ向かう民夫の足取りは、以前に比べて格段にしっかりとしていたし、職場でも、そこを訪れる市民に丁寧に明るく対応していた。それは、婚約破棄された後、ハウを失った後の落ち込みが回復した姿とも、それ以前の彼の他者に接する態度とも違っていた。いうなれば、そこには心がこもっていた。

民夫の変化は同僚たちにもはっきりと分かったが、「なにかいいことでもあったの？」などと軽口をきいてくるほどの気の利いたお調子者も役所にはいなかった。ただ、皆、今の民夫を好ましく感じていた。

民夫が将棋クラブに再び顔を出すようになってすぐ、そこで吉住に再会した。高校の将棋愛好会の後輩であり、真里菜を紹介してくれた男であり、自分からその真里菜を奪っていった男である吉住は、民夫と将棋クラブで遭遇しても悪びれた様子はなかった。彼は民夫と将棋で何番も勝負してすべての対戦であっさり先輩を打ち負かした。そして、対局後に「先輩お茶でもどうですか」と民夫をチェーン店のカフェに誘い、「エジプトには結局代わりの人間が派遣されました。えっ、真里菜？　彼女とはすぐに別れました。いやあ、とんでもない女ですよあいつは」と笑った。仮にも民夫が横浜のセンター北に四十年ローンを組んで家を買い、そこで人生を共にしようとした女を「とんでもない女」とはあまりにも民夫を愚弄《ぐろう》したひどい言い草だが、それが吉住という男であり、それがさほど嫌味でもないから不思議だった。単に、そんなふうに感じてしまう民夫が底抜けのお人よしということもあるが。とにかく、今の民夫は真里菜のことなど、もうどうでもよかったし、強がりでもなんでもなく、ほとんど彼女の顔すら覚えていないくらいだった。それを聞いた吉住は、いけしゃあしゃあと「ああよかった。また友だちに戻れますね、ぼくら」と言って笑った。

民夫が精神的にめざましい回復上昇傾向にあると見た鍋島は、民夫を自宅に呼んで、すき焼きでもてなしたが、麗子は性懲《しょうこ》りもなくまた犬を飼うように勧めてきた。民夫は「今はまだ」と大人の対応でさりげなく断ったが、麗子は諦《あきら》めていないようだった。とにかく一人で生きてみよう。民夫はそういう心境だった。

第十一章　さよならこんにちは

1

ハウは東京を縦断し、多摩川を渡った。そこはもう神奈川県である。

多摩川を挟んで大田区《おおた》側にはないものが川崎側の川べりには沢山あった。ホームレスの人々が住む青いビニールハウスである。ここに住む人たちはハウをみると一目で迷い犬と分かり、水や食料、寝床まで提供してくれた。

東京で餓死しかけたハウは、川崎側の多摩川の〝川べりの住人〟たちに救われ、そこで体力を回復した。

ハウは、もう我が家は近い、と感じていた。

「ハウ」

自分を呼ぶとうちゃんの声がどんどん近くなっている。

ハウは川べりの住民たちに別れを告げ、歩みを進めた。

多摩川から横浜の港北区までは直線距離にして数キロだったが、水も食料も持たないハウにとってはこれとて短い道のりではなかった。

ハウは西へ南へと歩みを進め、横浜へ入った。すると再び大きな川が現れた。鶴見川という川だった。

ハウは鶴見川の水で喉《のど》を潤《うるお》した。多摩川の水よりは汚れていたが贅沢《ぜいたく》は言えなかった。しばらく川べりで身体を休めていると、一人の男が近づいてきた。この川には、多摩川同様、ホームレスがいる。そして、その男こそ、民夫とハウが別れ別れになったあの日、鶴見川に近い国道で車に撥《は》ねられた白い大型犬を看取《みと》ったというあの加藤と名乗るホームレスだった。

加藤はあの時、民夫とペット探偵に見せられたハウの写真や動画を見て「この犬だ」と即答した。確かに彼が看取った犬とハウは似ていた。だが、加藤は細心の注意を払ってその画像を見たわけではなかった。

ハウと車に撥《は》ねられた犬は同一ではなかった。加藤が看取った犬は、悪質なペットショップのオーナーが捨てた〝売れ残って大きくなりすぎた犬〟であって、ハウとは別の犬だった。ひと昔前のハスキー犬同様、今、この国では似たような犬種の犬が流行《はや》っていた。

加藤は、以前から川原で野良の大型犬を数匹飼っていたことがあり、どうしてもこの大きな大型犬を自分のものにしたくなった。こいつに似た犬を以前見つけたが、そいつは怪我《けが》をしていてすぐに死んでしまった。今度のこいつは痩せてはいるが、体も大きいし、メシさえ食わせればきっと立派な大型犬になるぞ。加藤はリード代わりの縄を手に、そーっとハウに近づいてきた。

「おまえ、おれの犬になるか？　もっとうまいものを腹いっぱい食わしてやるぞ」

加藤は優しくハウに語りかけてきた。

ハウは旅の経験から、加藤の放つ危険な匂いに敏感に反応し、すみやかにその川べりを離れた。

ハウは鶴見川沿いを西に進み、さらに鶴見川水系の早渕川《はやぶちがわ》に沿って進んだ。

そしてついに、その時は来た。

ここだ！

見知った光景がそこにあった。

とうちゃんといつも歩いたあの道だった。

あとはもう、あのいつもの散歩ルートを辿《たど》るだけだった。

空腹は極限に達していたが、ハウの歩調は速くなった。この道を右、この道を左、このY字路を右、そこをまっすぐに進んで、あの角を右に曲がれば……。

ハウの目の前に、懐かしい我が家が見えた。

とうちゃんが待っている我が家へ、ハウはとうとう帰ってきた。

2

沢村賢治《さわむらけんじ》は台所でコーヒーを淹《い》れていた。

「コーヒー飲むか」

賢治はぶっきらぼうに言った。

リビングのソファにクッションを抱いて横になっている妻の恭子《きょうこ》は返事をしない。

賢治は、恭子の前に黙ってコーヒーを置くと、マガジンラックから適当に旅行雑誌を抜き、キッチンに戻ってそれを何となくペラペラとめくった。

リビングのキャビネットの上には、野球帽を被《かぶ》った十歳の双子の兄弟・賢人《けんと》と祐樹《ゆうき》の笑顔の写真が飾られていた。

「イケアでも行ってみるか」

賢治はひとりごとを言うように、妻に提案してみるが、恭子は黙ったままだ。

「なにか言えよ」

賢治は、相手を責める気持ちを抑えながら、切なげにつぶやいた。

だが、恭子はうつろな視線をキャビネットの上の息子たちの写真に向けたまま、黙っていた。

「何か言えよ」

もう一度、今度はすこし強めに言った。賢治の心も、限界まで来ていた。

「ダメだった」

恭子がポツリと言った。

コーヒーのカップを口元まで運んだ賢治の手が一瞬とまったが、結局そのコーヒーを啜《すす》った。濃いめに入れたとはいえ、コーヒーは実際の味よりもずっと苦い味がした。

「……」

今度は賢治が黙る番だった。

「引っ越したって何したってダメだった」

恭子の力ない声が失望にふるえていた。

「お前がいつまでもそんなじゃ、祐樹だって……」

賢治は「浮かばれない」という言葉をカップの底に残っていた苦いコーヒーと一緒に呑み込んだ。

「そうだよね。でもあたし、どうしようもない」

「一生そうしてるつもりか」

「祐樹はどこに行ったの？」

恭子は答えずに、逆に問いかけた。

「どこにも行ってない。死んだんだよ」

「あなたになんか聞いてないわよ」

「じゃあ、誰に聞いてるんだ？　神様か？」

「神なんか、いないわよ」

恭子は乱暴に吐き捨てた。

二階から一階のリビングに降りる階段の踊り場で、例のキャビネットの双子の片割れである賢人が、両親の会話をじっと聞いていた。賢人は、昨日十一歳になったばかりだったが、両親から誕生日を祝う言葉はなかったし、賢人も祝ってもらいたいとは思っていなかった。

半年前に病気で死んだ双子の兄の不在が、一家の生活に大きな暗い影を落としていた。

「お前、一生そんなことを言ってるつもりか？」

賢治は、ソファに近づき寝ている恭子を無理やり立たせようとした。

「やめてよ！」

「お前、自分だけが苦しいと思ってるのか！」

賢治は恭子の肩を摑《つか》んで揺すり、恭子は夫の腕を乱暴に払いのけて、二人はもみ合いになりかけた。

それまで階段の踊り場で身じろぎもせず両親の会話を聞いていた賢人が、わざと足音を立てて階段を降り、リビングに入ってきた。

賢治は恭子の腕を放し、ダイニングテーブルでまた雑誌を読み始めた。というか、読んでいるふりをした。

賢人は冷蔵庫から牛乳を出し、それを大きめのコップに注いでごくごくと飲んだ。

その時、コップを口元から下ろした賢人の視線が、窓の外へ向いたまま止まった。

賢治も外を見た。男たちの様子が変なのでそれまで夫とは一切視線を交わさなかった恭子も身体を起こし、外を見た。

リビングの窓の向こうに一匹のボロボロの犬がいた。ハウである。

賢治は、掃き出し窓の前に立った。

ハウは、小首をかしげ、小さく「ハウ」と鳴いた。

そうである。ハウは青森からここ横浜まで千キロの旅を終え、とうちゃんのいる我が家への帰還を果たしたのだ。しかし、そこにいたのは、とうちゃんではなく、見知らぬ三人家族だった。

ハウは、庭からリビングの中の賢治と恭子を見ていた。

そこは、かつてハウと民夫が住んでいた家だったのだ。

家の外観は変わらない。だが当然、室内の家具はすべて入れ替わっていたので、ハウは戸惑った。ここは確かに、自分ととうちゃんの家のはずなのだが……。

リビングの掃き出し窓が開いて、まず恭子が、そして賢治が顔を出した。

「野良?」

恭子が、目の前の犬に向けてなのか、夫に向けてなのか、つぶやいた。

犬はあまりに薄汚れて臭く、やつれていた。だが、その瞳には生気があった。ただ、犬ながらも困惑したような表情を浮かべている。

「今どき野良なんて……迷子じゃないのか」

賢治が言った。

不意に、恭子にある確信が訪れる。

「野良じゃない。迷子でもない。あたしたちのところへ来てくれた」

その時、室内から賢人が、両親の脇をすり抜けて裸足《はだし》で庭に飛びおり、ハウをいきなり抱きしめた。

「こら、賢人っ」

と思わず賢治が言った。

恭子はわが子の背中をじっと見ていた。そして賢治も、息子をその汚れた犬から無理に引き離そうとはしなかった。

ハウは、賢人に抱きしめられるままになっていた。

そこへ、買い物帰りの隣人・藤田夫人が通りかかった。

「あら、ワンちゃん？」

「いや、うちの犬じゃないんですよ」

賢治が答えた。

ハウは、藤田夫人に「ハウ」と鳴き、尻尾を振った。

「あら、ハウに似てる。随分やせてるけど、鳴き方も」

「藤田さん、この犬ご存じなんですか」

賢治が言った。

「いえ……前のご近所の……もう亡くなった犬の話。ごめんなさいね」

いつもの藤田夫人なら、野良犬を挟んで世間話をしたはずだが、藤田夫人はハウという犬の悲しい最期と悲嘆にくれた前の住人について語りたくなかったので、落ち着かない様子でその場を立ち去り、自分の家に入ってしまった。

「飼ってもいい？」

賢人が恭子に訊《たず》ねた。

その二か月前。

民夫は自宅のリビングで地元不動産屋の営業マンと売買契約を交わしていた。

「ほんとによろしいんですか？　人に貸すとか、赤西さんが売り主になってうちは手数料だけ頂くというパターンもありますけど」

民夫と同年代の営業マンは、自分の目先の利益だけでなく、顧客の利益も考えて誠実に対応してくれる人物だった。

「いえ、この値段で買っていただけるなら。次の引っ越し先も、もう決めてありますし」

すでに数社に見積もりを取ってもらっていた民夫は、一番条件のよかったこの不動産屋に家を売った。

家を売ることが決まると、民夫はまず家の周りに生え放題になっていた雑草をきれいにした。隣人の藤田夫人が手伝ってくれた。

「ほんとに、短い間でしたけど。寂しいわ。次に入る人が良い人だといいけれど。ほんとに引っ越しちゃうんですか」

「さすがに一戸建ては広すぎるんで」

「ワンちゃん、お気の毒でしたね」

「いろいろ、ご心配をおかけしました」

そして今。

民夫は役所により近い1LDKの賃貸マンションに引っ越していた。

夕方、民夫は五階のベランダから町の風景を見ていた。洗濯物を取り込み、室内でそれを丁寧に畳んでキャビネットにしまった。キャビネットの上には、鍋島課長が撮ってくれたハウと自分の写真が飾られていた。

ハウと出会ってから一年あまりの時間が、まるで幻のように感じられた。ここからまた自分の人生が始まるのだ。たとえどんなにかわり映えのしない平凡な人生であっても、とにかく自分は新しく一歩を踏み出すのだ。望むと望まぬにかかわらず人生は続くのだから。

民夫はキャビネットの上に飾られていたハウの写真に向かって、

「ハウ、僕は生きるよ」

と心の中で語りかけた。

3

「正直言って、ずっと女性不信に陥っていたんです、僕。けど最近はなんかこう、もっと前向きになろうかなと。すべてにおいて。新しいことを始めたいっていうか」

民夫は和泉先生に、自分のプライベートライフについて積極的に話すようになっていた。それはもうペットロスカウンセリングの域を越えて、普通の心理カウンセリング、あるいは人生相談、金を払っての世間話の域にまで達していたが、和泉先生はその民夫のさして面白くもない話を親身になって聞いてくれた。

新しいことを始めたい、という民夫の前向きな言葉に、和泉は「ほう」と嬉《うれ》しそうな笑みを浮かべ、言った。

「まず何を始めましょうか、赤西さん」

民夫は、一瞬目を泳がせると、エヘンと小さく咳《せき》をして、姿勢を正し、和泉先生の顔をまっすぐに見て言った。

「和泉先生、僕と付き合ってくれませんか」

民夫の唐突なアプローチに、和泉先生はまったく動じず、即座に返事を返した。

「おことわりします」

秒殺、どころか瞬殺だった。クライアントの独身男性からこういうアプローチを受けることに、彼女は慣れていた。それは、きっぱりとした回答だったが、彼女の表情はあくまでおだやかで、この女性経験もさぞ少ないであろう三十男の自尊心を傷つけない程度に柔らかい口調だった。

「ですよね」

民夫は、やや自嘲的な笑みを浮かべて言ったが、告白したことへの後悔はなかった。

「でも、いい傾向ですよ、赤西さん」

和泉は、民夫を勇気づけるような笑顔を見せた。

「はい。なんか先生にフラれても、自分でも意外なほどヘコんでません」

「よかった。また落ち込まれたらわたしが困ります」

民夫は、それまでの民夫のように異性からの拒絶をうじうじと引きずるような態度はみせず、さわやかに話題を変えた。

「とりあえず、ハウと歩いた道を今日、歩いてみようかと思ってます」

民夫のやや唐突なアイデアに、和泉先生は若干困惑した様子で、

「えっ、大丈夫ですか？」

「はい。自分を試したいっていうか……ハウがいなくなってからは、ハウを思い出すものすべてに過剰反応していたんです。だから、ハウと歩いた場所へ行くことも避けてきたし、ハウの不在という現実からも逃げてきた。現実を受け入れたら、自分自身の精神が崩壊しちゃうんじゃないかって、それが怖かったんです。でも、もう、大丈夫なんじゃないかと」

「そうですか。赤西さんが自分でそう思われたんなら、いいことだと思います。わたしも、赤西さんはもう、大丈夫だと思います。これはカウンセラーとしての経験から分かります」

民夫は頷《うなず》き、微笑《ほほえ》んだ。

その日の午後。

民夫は、かつてハウとの思い出のつまった川原の道を一人歩いた。

土手の道から、川べりの公園が見下ろせた。

ハウと遊ぶ自分の姿が見えた。それは一瞬のまぼろしだった。

やはり涙が込み上げてきた。だが、民夫はもう大丈夫だった。涙をぬぐい、かつての散歩コースを歩いた。

そうしているうちに、民夫は以前住んでいた家の近くの道へ来ていた。

その先にはハウと一年間暮らした家がある……民夫は、いったんは怖くなって引き返そうと踵《きびす》を返した。だが、やはり思い直し、家に向かった。俺は何を怖がっているんだ。

自分はもう、過去の思い出も、悲しみからも逃げはしないんだ。

道の角を曲がると、道のずっと先にハウと住んでいた家が見えてきた。

家の雨戸は開いていて、閉じたガラス窓の向こうにレースの白いカーテンが見える。

玄関の近くに大人用の自転車が二台と少し小さめの自転車が一台、そして国産のＳＵＶが止まっていた。もう、どこかの家族が引っ越してきたんだな。

民夫が、来た道を帰ろうとした時、家の玄関が開いた。

どんな家族が住んでいるのだろうか、ちょっとした興味本位で足を止め、不審者と思われないようにスマホを取り出してメールを打つふりなどをして、家の方をそれとなく見やった。

玄関から、小学五年生くらいの少年が出てきた。利発そうな顔をしている。少年に続いて、一匹の大型犬が出てきた。

民夫は目を疑った。

「！……」

少年――賢人――は、犬の正面に立ち、いつもの散歩の前のルーティーンを行った。

「お座り！　お手！　おかわり！」

犬は、素直に言うことを聞き従った。

「よし！」

賢人は、犬の首周りを抱きしめ、体中を揉《も》むように撫《な》でた。

犬は「ハウ！」と、かすれた声で鳴いた。

賢人が立ち上がると、犬は嬉《うれ》しそうにその場でグルグル回り、後ろ足になると前足を犬かきをするように動かして見せた。

民夫はその光景を唖然《あぜん》として見ていた。犬は、ハウだった。間違えようもなく、ハウだった。生きていたのか、ハウ……。

「ハ……」

民夫は思わず「ハウ！」と呼びかけようとしたがぎりぎりで思いとどまり、電柱の陰に隠れて様子を見た。

賢人は再びハウを抱きしめ、首や胸元をくしゃくしゃに撫でていた。

続いて、家の中から少年の両親——賢治と恭子——が出てきて、ハウを撫でた。

「僕、今日は一人で行けるよ」

賢人が母親に言った。

「大丈夫？」

心配そうに言う母親に、賢人は言った。

「僕、大丈夫だよ。だってブンがいるもん」

自分たちを見つめる賢人の眼差《まなざ》しに、賢治と恭子はハッとした。賢人が今言った「僕、大丈夫だよ」の言葉は、もしかしたら両親以上に兄の死にダメージを受け、追い詰められていた彼のそれまでの精神状態を物語っていたからだ。賢人の、一心同体と言ってもいいほどに仲の良かった兄を亡くした喪失感に、自分たちは気づいていただろうか。賢治と恭子は自分たちを恥じた。そして、息子が今発した言葉に自分たち自身も勇気づけられていた。

「そうね。お母さんも、もう大丈夫だからね」

恭子は息子に言い、そして夫の賢治に目をやった。

賢治は、胸に熱く込み上げてくる思いを抑えながら、小さく頷いた。

「じゃあ、車に気をつけるのよ」

「三十分くらいで戻ってくるんだぞ」

「うん。分かった。ブン、行くぞ」

「ハウ！」

ハウは例のかすれた声で、しかし精一杯の力強い仕草で鳴いた。

賢人はハウの首輪にリードをつけた。

民夫は、電柱の陰からその光景をじっと見ていた。もはや、スマホをいじる芝居などしている余裕はなかった。

今すぐハウに声をかけ、駆け寄り、抱きしめたい。ハウ、とうちゃんはここにいるぞ。

だが、民夫はかろうじてその場にとどまり、思いを巡らしていた。

そして民夫は、静かにその場を去り、来た道を引き返した。

角を曲がり、歩きながら、涙をこらえた。少しずつ早足になっていた。これでいいんだ。民夫は何度も自分に言い聞かせた。

だが、家から離れたところで、抑えていた思いが口をついて溢《あふ》れ出た。

「ハウ、お前、いったいどこに行ってたんだよ。どうやってうちへ戻ってきたんだよ。

どう過ごしていたんだよ」

今すぐ引き返し、ハウにそう訊《たず》ねたところで、答えが返ってくるはずもなかった。

「でも、いい人たちに貰《もら》われて……幸せになったんだよな。ハウ」

すると、いきなり背後から何か大きなものが民夫の背中に飛び掛かってきた。

民夫は訳も分からず、「わっ」と声を上げて前のめりに倒れこんだ。

飛び掛かってきたのはハウだった。首輪とリードをつけているが、飼い主の姿は見当たらない。

ハウは全身で喜びを表していた。狂ったように尻尾《しっぽ》を振り、民夫にのしかかったまま顔を舐《な》める。

「ハウ！　ハウ！」

ハウは、かすれた声で何度も叫ぶように鳴いた。

民夫は号泣していた。座り込んだままハウを抱きしめ、ハウの顔や身体に頬ずりした。

ハウの匂いだ。夢じゃない。今、ここにハウがいる。

「ハウ。そうか。やっぱりお前はハウだったんだな。とうちゃん、お前がいなくなってから……どんなに……」

すると、道の向こうから賢人が走って来た。

「こら、ブン！　だめだよ！」

賢人がハウを叱るように言った。賢人は、ハウが見ず知らずの人に飛び掛かったのだと思い込んでいた。

「すみません！　ごめんなさい！　ブン、来い、ほらっ」

賢人はハウのリードを摑《つか》んで民夫から引き離そうとする。

民夫は、泣いていたことを悟られまいとしてすばやく涙をぬぐい、深呼吸した。

「ブン、ほら、お座り！」

賢人が言うと、ハウはその場にお座りしたが、視線は相変わらず民夫に向いて、クゥンクゥンと喜びと切なさが入り混じったような声で鳴き続けた。

賢人はハウを落ち着かせようと抱きしめた。

「よーしよし、いいぞ」

民夫は、賢人に優しく声をかけた。

「この犬、ブン、っていうんだ」

「はい。尻尾をぶんぶん振るからブン」

「……ブン、か。……いい名前だね」

民夫は立ち上がり、ハウを静かに見つめた。

ハウは、じっと民夫を見つめていた。

「……可愛い犬だね」

民夫が言った。

「はい、すっごく利口なんです」

賢人はそう言って、ハウの頭を撫でた。

「ブンは……お兄ちゃんの生まれ変わりなんです」

「えっ」

民夫は少年の言葉に静かな衝撃を受け、たじろいだ。さきほど、玄関先でみかけた少年の両親の笑顔。彼らの笑顔の裏にある痛切な思いが、民夫には容易に想像できた。

だが、賢人は一瞬沈みかけた自らの心を奮い立たせるように顔を上げ、民夫に笑顔を見せてくれた。

ハウは、賢人の顔を舐め、そして民夫に向かって鳴いた。

「ハウ！」

民夫は、ハウのリードをとり、それを賢人に手渡した。

「リードは、しっかり握ってなくちゃ」

見知らぬ人から言われて、賢人は少し面食らった表情を見せた。しかし、民夫はさらに付け加えた。

「絶対、手を離しちゃダメだ」

そう言って民夫は賢人に微笑みかけた。

賢人も笑みを返し、元気に応えた。

「はい！」

賢人は素直にリードを摑んだ手に力を込めた。

「本当に可愛い犬だね。おじさんね、ワンコが大好きなんだ」

言うと、民夫はハウを思い切り抱きしめた。

ハウは目を細めて、クゥンと喉を鳴らした。

民夫は両手でハウの顔を包み込むようにして、ハウの目をじっと見つめた。

「可愛がってもらうんだぞ」

そしてささやくような小さな声でハウの耳元でつぶやいた。

「とうちゃんはもう、大丈夫だから」

ハウは小さく、「ハウッ」と鳴いた。

民夫は震える手でハウの頭を撫でた。

「じゃあな、ブン」

民夫は、涙が溢れる一歩手前で立ち上がった。

ハウは、もう鳴かず、お座りしたまま民夫をじっと見つめている。

民夫は、静かにハウに背中を向け、歩き出した。

ハウは民夫を見送っている。

「ハウッ」

と、最後にハウがひと声、鳴いた。

民夫は振り返らずに歩き続けた。

ハウ、お前はどこでどう暮らしていたんだ？　だが、それを知る術《すべ》はない。たった一匹で放浪していたのか？　温かく優しい人たちに出会って過ごしたのだったら嬉しい。それとも、とうちゃんと同じくらい、いやもっと辛《つら》い日々だったのか？　どんな目に遭ってきたのか？　でも、お前はきっと、いろんな人たちを幸せにしてきたのだろう。きっと、大切な何かを喪《うしな》った人たちに寄り添い、彼らの心を救ってきたのだろう。ハウ、きみはそういう犬なんだ。ハウ、ずっとずっと幸せでいてくれ。とうちゃんも、立派に生きてみせるよ。

民夫は、夕方の川原の道に出た。ハウといつも遊んだ川原だった。

遠くに、赤く染まった空の下に富士山が小さく見えた。

民夫はもう涙を我慢していなかった。涙がとめどなく溢れてくる。

民夫は土手の上で、立ち止まり、夕焼けの空を見た。空が広かった。

民夫は泣きながら、くしゃくしゃの笑顔を浮かべた。

綺麗《きれい》な夕景だった。

「ありがとうな。ハウ」

4

翌朝。

役所への出勤の道を、いつもより少し明るめのジャケットを着た民夫が歩いていた。すると、後ろから若い女性の声がした。

「赤西さん」

民夫が振り返って、微笑《ほほえ》んだ。

緑色の髪をした足立桃子だ。

「おはよう」

桃子は、彼女は民夫に並んで歩いた。

「そのジャケット、素敵ですね」

「え、ありがとう」

「赤西さん、今日雰囲気違う。何かあったんですか」

民夫は、すぐに言葉を返せず、無言のまま歩いた。その間、桃子は何も言わず、穏やかな表情で歩調を合わせるように傍《かたわ》らにいた。

民夫が口を開いた。

「昨日ね……とても切なくて、でも、とてもいいことがあったんだよ」

「ええーっ、なになに？」

「短い時間じゃ、とても話しきれないよ」

「じゃあ……」

と、桃子が少し照れ臭そうに言いよどんだ。

勘の悪い民夫が真顔で桃子の顔を覗《のぞ》き込む。

「え？　何？」

桃子は、今度はひと息に笑顔で言った。

「じゃあ、今日の仕事が終わったら、聞かせてください」

民夫もようやく、桃子の自分に対する好意のようなものに気づいた。

「うん、いいよ」

素っ気なく答えた民夫だったが、内心は、かなり、ときめいていた。

5

緑の草の上を、ハウが楽しそうに走っている。

ハウの視線の先には、両手を広げた賢人がいる。

ハウは賢人の腕に飛び込んだ。

今度は自分の番だと言わんばかりに、恭子が、賢治が、ハウを思い切りギュッと抱きしめる。

そしてハウはまた賢人と遊び始める。

賢治と恭子が、その賢人の姿を見ている。

賢治が、恭子の手をとり、二人は穏やかな笑みを交わした。

ハウが、みんなで一緒に遊ぼうよ、というように賢治たちを見て鳴いた。


ハウ！

ハウ

朝日文庫

2022年2月28日　第1刷発行

著　者　斉藤《さいとう》ひろし

発行者　三宮博信
発行所　朝日新聞出版
〒104-8011　東京都中央区築地5-3-2
電話　03-5541-8832(編集)
03-5540-7793(販売)

印刷製本　大日本印刷株式会社

Published in Japan by Asahi Shimbun Publications Inc.
定価はカバーに表示してあります

ISBN978-4-02-265030-6

落丁・乱丁の場合は弊社業務部(電話 03-5540-7800)へご連絡ください。

送料弊社負担にてお取り替えいたします。